AF290581

Te hablo a ti

Juan José Donaire García

Copyright © Juan José Donaire García   2021 Reedición.
Impresión y editorial: BoD – Books on Demand
info@bod.com.es — www.bod.com.es
Impreso en Alemania – Printed in Germany
ISBN ES 9788413733852

En esta ocasión he preferido usar un texto de otro, para presentar esta obra. Es una carta de William Shakespeare que forma parte del mundo de la filosofía, o al menos así lo veo yo.

Juan José Donaire García

Aprenderás a vivir.

"Después de algún tiempo aprenderás la diferencia entre dar la mano y socorrer a un alma, aprenderás que amar no significa apoyarse, y que compañía no siempre significa seguridad. Comenzarás a aprender que los besos no son contratos, ni regalos, ni promesas.

Comenzarás a aceptar tus derrotas con la cabeza erguida y la mirada al frente, con la gracia de un niño y no con la tristeza de un adulto, y aprenderás a construir hoy todos tus caminos, porque el término mañana es incierto para los proyectos y el futuro tiene la costumbre de caer en vacío. Después de un tiempo aprenderás que el sol quema si te expones demasiado. Aceptarás incluso que las personas buenas podrían herirte alguna vez y necesitarás perdonarlas.

Aprenderás que hablar puede aliviar los dolores del alma...

Descubrirás que lleva años construir confianza y apenas unos segundos para destruirla y que tú también podrás hacer cosas de las que te arrepentirás el resto de tu vida.

Descubrirás que muchas veces tomas a la ligera a las personas que más te importan y por eso siempre debemos decirles a esas personas que las amamos, porque nunca estaremos seguros de cuándo será la última vez que las veamos. Aprenderás que las circunstancias que nos rodean tiene influencia sobre nosotros, pero nosotros somos los únicos responsables de lo que hacemos.

Comenzarás a aprender que no nos debemos comparar con los demás, salvo cuando queremos imitarlos para mejorar.

Descubrirás que lleva mucho tiempo llegar a ser la persona que quieres ser, y que el tiempo es corto.

Aprenderás que no importa a dónde llegaste sino a dónde te diriges, y si no lo sabes cualquier lugar sirve.

Aprenderás que si no controlas tus actos ellos te controlan y que ser flexible no significa ser débil o no tener personalidad, porque no importa cuán delicada o frágil sea una situación: siempre existen dos lados.

Aprenderás que héroes son las personas que hicieron lo que era necesario, enfrentando las consecuencias…

Aprenderás que la paciencia requiere mucha práctica. Descubrirás que algunas veces la persona que esperas que te patee cuando te caes, tal vez, sea una de las pocas que te ayuden a levantarte.

Madurar tiene más que ver con lo que has aprendido, que con los años vividos.

Aprenderás que hay mucho más de tus padres en ti que lo que supones.

Aprenderás que nunca se debe decir a un niño que sus sueños son tonterías, porque pocas cosas son tan humillantes, y sería una tragedia que se lo creyese porque le estarás quitando la esperanza.

Aprenderás que cuando sientas rabia, tienes derecho a tenerla, pero eso no te da derecho a ser cruel.

Descubrirás que sólo porque alguien no te ama de la forma que quieres, no significa que no te ame con todo lo que puede.

Porque hay personas que nos aman, pero que no saben cómo demostrarlo…

No siempre es suficiente ser perdonado por alguien, algunas veces tendrás que aprender a perdonarte a ti mismo.

Aprenderás que con la misma severidad con la que juzgas, también serás juzgado y en algún momento ordenado.

Aprenderás que no importa en cuántos pedazos tu corazón se partió, el mundo no se detiene para que los arregles.

Aprenderás que el tiempo no es algo que puedes volver atrás, por lo tanto debes cultivar tu propio jardín y decorar tu alma, en vez de esperar que alguien te traiga flores.

Entonces y solo entonces, sabrás realmente lo que puedes soportar, que eres fuerte y que podrás ir mucho más lejos que cuando creías que no se podía más".

William Shakespeare

CAPÍTULO 1

Campos de Castilla

Enfrentarse a uno mismo no es tan fácil, en realidad solo es posible desde una perspectiva distinta. Nuestra historia se desarrolla en ese espacio misterioso y desconocido que existe entre la vida y la muerte. No podemos determinar un destino claramente hasta cruzar ese umbral, pero nuestro protagonista lo ha cruzado, ahora veremos si es plenamente consciente de su situación. En realidad para él nada ha cambiado, sin embargo ha cambiado todo. Su primera sorpresa es al mirarse en un espejo y no ver su propia imagen reflejada en él, le va dar pistas de lo que en realidad ha sucedido.

—Disculpen, no sé si están ahí, de hecho no sé si nadie estará ahí nunca. Pero eso es lo de menos, tal vez pueden verme, pero yo jamás podré, o sí, porque ya no estoy en este mundo, no era el mío y me fui. Soy el espectro de un viejo poeta, mi nombre poco importa pues no diría nada, y quiero eso, decir mucho, tranquilos, no voy a desglosar una amalgama de poesía, no, no, muy lejos de eso.

Y aquí les presento mí otro yo, sí, ese que configuró un día una auténtica personalidad. ¡Vamos! no seas tímido, estos señores quieren conocerte, ahora hemos despertado un cierto interés.

Te hablo a ti... no te hagas de rogar. —Señala el poeta—.

—Va hombre va... ¿Qué quieres descubrir ahora? ¿La pólvora sorda, el ying y el yang?, pero... ¿Por qué soy yo el yang?

—Pregunta el otro yo de forma burlona.

—Nadie ha dicho nada, has sido tú, te acabas de adjudicar ese apelativo —Responde el poeta.

—Señores... háganme caso, no se fíen... ¿Quién se fía de un soñador... de un poeta? —Afirma el otro yo, con cara de pocos amigos.

No hay ningún espectador, no se ha abierto el telón de un teatro para interpretar una obra. Actores y espectadores solo hay dos, y en realidad uno, ya que ambos son uno solo.

El mundo de las fantasías es solo eso, fantasías. Y el mundo real es otra cosa.

—Y ahora dejen que me presente, soy el lado cabal y sensato de este... ¿Cómo llamamos a esto...? ¿Una vida? Y tú, no te líes, espectro... ¿Qué palabra es esa? ¿Pero qué saben esta gente de esas cosas...? —Pregunta con cierta indignación.

—Ya lo creo que saben, solo hay que verte a ti, ja, ja, ja. Tiene gracia. —Responde el poeta.

—Bueno, está bien, y que pretendes contarles, ¿tu vida...? va, pero si no tiene ningún interés. —Señala el otro yo.

—No, no, te equivocas, no pretendo relatar mi vida, no es eso, ni la tuya. Es algo mucho más profundo, se trata del sentido de la vida. —Responde con firmeza el poeta.

—Vamos, vamos... pero la vida tiene solo un sentido, vivirla y punto. —Comenta el otro yo.

—Si te refieres a pasar por ella sin más, tal vez tengas razón, sin duda es así, pero todos hemos tenido ilusiones y deseos que en ocasiones se han materializado.

—Tonterías poeta, ya empezamos con las fantasías. Ves... siempre acabas en eso, ver las cosas como las quieres ver, y no como son realmente. Ya has vivido tu vida, ahora... ¿Qué quieres?

—No, no hay solo una vida... vivimos una vida pero algo nos dice que no es la nuestra. Tal vez no hemos podido o sabido elegir, otros lo hicieron.

No, no hay solo una vida... nos desvivimos por buscar esa otra que sin duda sabemos que existe. El laberinto está abierto de nuevo.

No, no hay solo una vida... porque hay varios caminos, y siempre hay ocasión de elegir de nuevo. No dejar que elijan los demás, debemos ser nosotros.

No, no hay solo una vida... porque si es así yo hasta ahora he estado muerto, y esta es mi única vida, sin embargo ahora empiezo a vivir. —Relata el poeta.

—Pero no me hagas reír, ¿elegir poeta? Pero dónde vas... si nosotros no somos ya de este mundo.

— ¿Y quién te ha dicho eso? Tal vez no sepas que un mundo es algo más de lo que tu estrecha mente es capaz de asimilar.

El espacio es infinito, y conviven, bueno coexisten varios entes. Unos son materia y otros solo energía. Eso no indica que no existan.

—Bueno, ya sabía yo que llegaríamos a esto también. Ahora unos conceptos filosóficos.

¡Va hombre…! Que vas a aburrir a las ovejas. —Comenta el otro yo con una sarcástica sonrisa.

—Mira, me caes bien, será porque siempre estuviste ahí, conmigo, nada tenemos en común y sin embargo estamos juntos para toda la eternidad. —Responde el poeta con una abierta carcajada.

—Y ahora… qué viene... lo del amor, ¿no es eso? Venga que te conozco poeta.

—Ja, ja, ja. Sí, es cierto, me conoces. Pues mira hoy no. Hoy no hablaré del amor. —Señala el poeta tras un breve silencio.

—Qué raro... pero si siempre ha sido tu tema, tu argumento. "Estoy enamorado del amor". Por Dios, qué cursi. Cansado estoy de ese repertorio. Y ahora dime, ¿es cierto que no vas por ahí? Pues me dejas intrigado. Porque han sido años y años de monotema. —Subraya el otro yo, con matiz de protesta.

— ¡Querido!...

—Bueno... ¿Querido? ¿Pero esto qué es...? Te hablo a ti.

—Está bien, te cambiaré el tratamiento… ¿Qué tal, conciencia?

—Mira poeta, O hablamos en serio… o mejor lo dejamos ya, ¡eh!

—Vivir en una constante incertidumbre te ha hecho ser así, no te has parado a pensar. —Dice el poeta.

—Hermano, no he hecho otra cosa en la vida, pensar y pensar por ti, mientras tú volabas por esos universos de fantasía. Pero si eras un mocoso y ya leías aquellos periódicos de tu padre. ¿Y quién te despertaba de tus delirios cuando en el colegio tu imaginación campaba a sus anchas mientras estabas en clase? Bueno, estar es un decir, físicamente solo. ¿Y cuando tu familia quería que fueses un letrado? No se referían a esto. Querían que fueses un abogado, que pudieses defenderte en la vida. —Relata el otro yo.

—Para, para… no te embales, defenderse indica que hay una amenaza constante, ni soy capaz de pensar eso, ni soy capaz de

defender a nadie y mucho menos acusar. La vida no es una amenaza, la vida es un tránsito que conlleva una trayectoria. Los ideales deben ser los propios y no los de otros. ¿Es que no cumplí con los deseos de mis padres?, me licencié, ¿o no?
Pero de eso a ejercer una profesión en la que no creí jamás hay un buen trecho. —Puntualiza el poeta.

Es adivinable que el rostro de nuestro protagonista es de estupefacción, su propio yo le reclama explicaciones de algo que ya no tiene ningún sentido. Adivinamos también la cara de su otro yo, es evidente que es de indignación. Ahora han de convivir en otra esfera, otra dimensión. Tal vez la imagen idealizada es mucho más exquisita que la que podría reflejar un espejo. Esto puede ayudar a facilitar una conexión entre ambos.

—Ahora que recuerdo poeta, aquel profesor… sí, te dijo que para ser un buen abogado debías dominar el mundo de las cifras más que el de las letras, y saber leer entre líneas. Y tú, ¿qué caso le hiciste…? Ninguno. —Señala el otro yo.
—Aquel hombre tenía razón, lo que quiso darme a entender es que debía ser un gran hijo de Satanás, cosa que nunca logré.
El mundo de los números es apasionante, sin duda, un mundo de exactitud, de precisión. Pero cuando esos números, esas cifras hablan de valores intrínsecos, o sea dinero, siempre van en una dirección, a los mismos bolsillos, su recorrido es como un ciclo inflexible, de ahí la famosa frase "Dinero llama a dinero". Es como un mundo de tontos. —Argumenta el poeta.
—Sí campeón, pero hay muchos tontos ricos, y mírate tú, pudiste ser uno de ellos. — Responde con una pícara sonrisa.

— ¡Vaya! Ahora soy campeón, ¿a qué te refieres, un tonto más, o un rico más?

—Sin duda un tonto sí que lo eres.

—Vamos, relájate, mira… ¿Qué ves en esa ventana? —Pregunta el poeta.

—Pues, lo mismo que tú. ¿Qué quieres que vea? lo primero, que le iría bien una limpieza de cristales. —Responde el otro yo con decisión.

—Ja, ja, ja. Eso es cierto, me refiero a través de ella, no en la propia ventana. —Aclara el poeta.

—Pues eso, una hermosa vista, te empeñaste en vivir en los Campos de Castilla, menuda tontería… "Me recuerda la obra de Machado", eso me decías, te decías a ti mismo. Menuda tontería. Veo praderas, unos cuantos árboles y a lo lejos el caserón de aquel viejo gruñón. Por cierto, gruñón con todo el mundo, menos contigo, es curioso, siempre pensé que no te veía muy fino y que solo te seguía la corriente. Porque es intratable, en cambio a ti… ¡Buenos días vecino! Si hasta le cambiaba la voz y todo. Jamás vi que saludara a nadie, al contrario, si podía esquivar el saludo lo hacía. —Relata el otro yo.

La visión de una realidad puede llegar a ser bien distinta incluso desde uno mismo dependiendo del estado de ánimo de cada momento. El poeta tiene en sus pupilas otra visión muy distinta, y se manifiesta con un gesto de desagrado.

—Sin embargo yo veo otras cosas, esa es la diferencia. Esas verdes praderas son el símbolo de la propia vida, que renace una y otra vez, y crece y se desarrolla. Y esos árboles tienen nombre, ese es un álamo, y más allá son algarrobos, los últimos son olivos.

Todos forman el paisaje de estas tierras. Pero además veo un cielo luminoso y unas nubes, por cierto aquellas traen agua, y hace falta eh, las tierras tienen sed.

El viejo gruñón, como tú le llamas forma parte de todo esto, es una figura más del paisaje, habría que decir paisanaje. Su penetrante mirada es un misterioso compendio de sabiduría. Su piel arrugada y requemada por las incansables horas al justiciero sol, son las huellas de un trabajo impagable. Sus manos curtidas son las marcas de la azada y sus nudillos el reflejo de una artrosis provocada por desgaste masivo. —Explica el poeta.

—Su mirada dices, pero si no se les ven los ojos, los lleva prácticamente cerrados. Sabes que te ve, porque te sigue con la mirada, nada más. —Afirma el otro yo.

—Ciegos son tus ojos, no los de él. Pues no hay más ciego, que el que no quiere ver. El viejo forma parte de la esencia de este territorio, tres vidas tendrías que vivir para alcanzar una parte de su sabiduría. —Responde el poeta.

—Bueno, ya está bien de chachara… imagino que te vas a enfrascar con uno de esos relatos tuyos. No entiendo cómo pueden interesar a nadie, y se vende, es increíble. —Responde en tono de protesta el otro yo.

—La verdad, ahí sí te tengo que dar la razón, no dan para vivir con grandes lujos, pero no todo es el dinero, a veces el mejor pago, es la satisfacción de saber que llegas a alguien.

—Muy interesante poeta, pero poco práctico para llenar las barrigas. ¿Todavía sigues con aquello del ecologismo? Vamos, que estás haciendo una tesis doctoral, ¿no? —Refunfuña el otro yo.

—Ni mucho menos hermano, es una llamada a la atención, se trata de la mayor falacia que ha existido. Llevamos más de cien años explotando recursos fósiles porque eso significa el avance constante, sin embargo estamos intoxicándonos de forma brutal y acelerada. El concepto ecológico habla del control de residuos contaminantes y de la explotación comedida. Sin embargo todo apunta a que la economía global depende de un crecimiento constante de la misma, nada de equilibrio, o aumentan los valores en bolsa y el capital hace su ciclo, o entramos en crisis demoledora.

—Bueno poeta, tengo entendido que sí hay un cierto control de todo eso, las multas por contaminación son millonarias, y la gente está concienciada en la conservación del planeta. —Comenta el otro yo.

—Querido yo… no te engañes, la multa por vertidos al mar de sustancias tóxicas o degradantes del ecosistema son de unos veinticinco millones de dólares. ¿Qué supone eso para una explotación petrolífera que genera esos veinticinco millones cada día, calderilla? estamos intoxicando el mar, que es la fuente de la vida, el origen de todo. Y los contaminantes de los combustibles fósiles nos asfixian, azufres, nitratos fertilizantes, pesticidas y miles de sustancias de imposible destrucción.

Pero vamos a dejar eso, estoy pensando en trasladarnos a la costa, empieza el buen tiempo y debemos volver a nuestra querida Costa Brava, patria de nuestros antepasados y origen de nuestra esencia de marineros.

— ¡Vaya! Lo primero que oigo con sentido común hoy, claro que ahora toca todo aquello de "el mar… la mar" y todo eso, vaya tostón, pero al menos cambiaremos de aires. Prepara las maletas campeón, por cierto, iremos en automóvil claro y funciona con gasolina, ¿o quizás pensabas ir navegando con tu barquito de papel? Ja, ja, ja. —Comenta el otro yo riéndose.

—Qué mal carácter tienes y qué poca gracia. —El poeta responde, esta vez con un poema de otro.

"Barquito de papel
sin nombre, sin patrón
y sin bandera,
navegando sin timón
donde la corriente quiera.
Aventurero audaz,
jinete de papel
cuadriculado…
que mi mano sin pasado
sentó a lomos de un canal.
Cuando el canal era un río,
cuando el estanque era el mar…
Y navegar
era jugar con el viento,
era una sonrisa a tiempo.
Fugándose feliz
de país en país.
Entre la escuela y mi casa,
después el tiempo pasa,
y te olvidas de aquel
Barquito de papel"

Hermosa letra del amigo Joan Manuel Serrat…ya se me ha pegado para todo el día.

Pero fíjate bien… "jugar con el viento y una sonrisa a tiempo" aplícate el cuento. Y luego hablamos de gruñones.

———————————————

19

CAPÍTULO 2

Costa Brava catalana

La decisión de un cambio de aires siempre es agradable, pero lo será para los dos, sabiendo sus diferentes puntos vista. En seguida saldremos de duda.

—Menudo viajecito compañero, pero ¿a qué viene tanta paradita? Parece un safari fotográfico, ¡Ay! El gorrión… ¡Ay! La tórtola… Pero mírate en el espejo, si tienes más pelos canos en el bigote que de los otros. Ya está bien ¿no? —Pregunta cansado el otro yo
—Pero ¿Qué prisa llevamos?, si no nos espera nadie. Además, ¿quién nos va a ver? somos espectros… ¿recuerdas? —Responde el poeta.
—Y dale, pero tú qué tanto sabes de palabras, ¿no puedes buscar otra? —Protesta el otro yo.
—Está bien, ente… ¿te gusta más?
—Bueno… tampoco mata, pero… —Sin mucho convencimiento responde el otro yo
—Nada te puede matar ya. Mira ya siento la brisa del mar. Es como volver a casa, huele a hogar dulce hogar. —Responde el poeta.

—Mira allá tienes un velero a la vista, pero bueno si tiene las velas negras, hay gustos para todo. Por cierto, ¿qué será de tu musa? Tal vez viaje en otro buque, con otro capitán. —Comenta maliciosamente el otro yo.

—Mira que eres desagradable ¡eh!... Nunca creíste en el amor. Es inútil hablar de eso contigo. Mi musa, como tú la llamas, navega a bordo de mi alma, ¿sabes lo que es un alma querido?... Por los siglos de los siglos. Aquellas velas negras ya las vimos una vez, eran señal de luto por una ausencia. —Responde el poeta.

Pero, ¿cuántas musas tuviste? muchas ¿cierto…? —Pregunta el otro yo, bajando su mirada.

— ¿Qué quieres insinuar? Responde el poeta con un cierto enfado.

— ¡Ah! Claro, la última, la verdad es que era bella, esto te lo digo en serio. Pero te robó la razón y hasta el alma, como tú dices. Nunca volviste a ser el mismo. —Argumenta sarcásticamente el otro yo.

—No, nunca, fui mejor. Tienes planteamientos arcaicos y eso me saca de quicio. —Responde el poeta.

—Va, dejémoslo, ¡mira…! ¿No fue ahí donde estuvimos en una boda? —Pregunta el otro yo.

—Sí, ya lo creo, inolvidable, todavía me resiento de aquellas cuestas para ir de un sitio a otro. No estábamos para esos trotes ya ¡eh! Para otros quizás sí. Ja, ja, ja. —Tras un lapsus el poeta vuelve a sonreír.

Cuenta eso, tal vez les interese a tus lectores… —Señala el otro yo.

—Te lo cuento a ti, que eres ahora mi único lector…Pues verás, ocurrió un caluroso día de un verano que parecía justiciero. Estaba invitado a una boda, soy poco amigo de este tipo de eventos, tal vez por la gran cantidad de gentes semi conocidas y que sin embargo ese día parece que nos conocen desde siempre. Ni siquiera recuerdo haber ido a la mía, supongo que sí.

Bueno me casé dos veces, la segunda sí la recuerdo, fue en la mayor intimidad, solo éramos tres, ella, yo y el amor.

Pero a lo que voy, son compromisos sociales irremediables, cierto es que quise evadirme, pero casi recibo un rapapolvo.

La jornada empezó por terminar de elegir la corbata adecuada, en realidad ninguna, pues el calor era sofocante. El lugar elegido estaba a casi dos horas, en un viaje infernal. Tras el kilometraje de rigor y unos cuantos peajes, es increíble... Cómo puede haber tantos. Me alojé en un modesto hostal, acorde a nuestros posibles, lo eligió un avispado familiar, para todos.

En la información alardeaba de tener calefacción, pero nada decía de aire acondicionado. Lo primero que pensé fue que la noche podría ser muy larga. No fue así, la verdad es que tuve que arroparme con una colcha, propio de las zonas de la Costa Brava. La amabilidad del personal era exquisita, el propietario, parecía un domador de leones pero cabreado con los empleados. Nunca con los clientes, creo. Una copiosa comida dio pie a descansar un rato antes de ensamblarse el dichoso traje de rigor. Se trata de una boda distinguida, todos debemos parecer ricos, y felices.

Una vez enfundado en el disfraz de rigor, sirvió para bajar las angostas escaleras que conducían a la calle, el hostal carecía de ascensor. Una vez allí, el astro rey lucía como si quisiera abrasarlo todo. Ahora la americana iba a estar en el brazo para los restos, un estorbo que me iba a dar la tarde. Y yo quería lucir mi camisa azul.

Nos desplazamos al exclusivo lugar de la celebración. Nunca había asistido a una boda al más puro estilo americano.

El entorno era realmente hermoso, las vistas al mar desde los acantilados y una ciudad jardín, como reserva botánica. Sin duda, marco incomparable.

Tras la emotiva ceremonia, una crono escalada, hasta el lugar del ostentoso aperitivo. Surgen las primeras risas en cuanto aparece en escena algún componente alcohólico. Saludos de compromiso, miradas láser descifradoras de algo y un entramado de fondo amable aunque distante. No es un buen lugar para un pensador, su mente se dispara, y realiza análisis de todo lo que se mueve. Jamás hice un aperitivo tan largo, es más, casi llegue a pensar que eso era todo, la cantidad de delicatesen ofrecidas llenaban cualquier barriga, bueno alguna no. Mis piernas doloridas no podían más.

Tomé asiento donde pude, no proliferaban mucho. Y es lo que tomé, pues aparte de un par de cervezas, no me apetecía nada más. Los esmerados organizadores del evento nos indicaron que debíamos pasar al salón comedor. Vaya, ahora a cenar pensé con resignación. Un lugar al aire libre ideal para fumadores y sinceramente muy agradable. El menú exquisito, propio de un gourmet, excelente. Quién me iba a decir que cenaría tan bien. En seguida aparece el primer… ¡Vivan los novios!... en todas las ferias hay un tonto y aquí no podía faltar. Pero aceptable, la verdad, lejos de aquellas imágenes de corbata en la frente y baile friki.

Tras la suculenta cena hubo sorpresa, una escenográfica puesta en escena de un baile cuidadosamente ensayado por algunos invitados. Realmente lo hicieron bien. Yo como otros era invitado de piedra. Sentado junto a un pequeño lago, no paraba de pensar en mis cosas.

Y llegué a pensar en casarme, sí, pero se me pasó enseguida, es una locura. No es mi ilusión, la mía es la verdadera boda, la íntima, la que ya celebré y eso sí, la luna de miel, pero eterna. Como no puede ser de otra manera, felicité a los novios, marido y mujer ya. Y anhelaba llegar al aposento donde pasaría la noche.

Al llegar unos cuantos escalones y arriba. Aquella habitación me pareció un palacio, un refugio para el descanso. Tras una ducha relajante mi cansado cuerpo descansó plácidamente.

—Pero qué tontería, si tú estuviste allí conmigo. —Comenta el poeta.

—Sí, pero me encanta oírlo una y otra vez. —Responde el otro yo.

—Bueno, estamos cerca. Vamos a estacionar el León alado en lugar seguro. —Señala el poeta.

Sí, ahora aquel León, aquel utilitario estaba dotado de alas, ya no se arrastraba por los suelos, es la ventaja de otras dimensiones, nos permiten obviar estas circunstancias. Se puede volar.

— ¡¡¡Hombre!!! No te libras… Ahora que dices lugar seguro…
Ja, ja, ja… Cuéntame aquella escapada al sur, aquello sí fue emocionante. —Pide el otro yo.

— ¡Vamos va! qué tonterías me pides. —Responde el poeta.

—Va… por fi… … no era así como te pedía ella las cositas.

—Si vas por ahí, vamos mal ¡eh! —Enojado, el poeta transige pero dice… chuflas pocas, ¿de acuerdo?

Se despertó en mí la ilusión mucho antes, sí, fue en el mismo instante que surgió la idea. Sabía que tenía una mujer excepcional, eso lo tenía claro, y sin embargo siempre me sorprende. Tiene esa capacidad que es sin duda una gran virtud.

Empezaba una nueva cuenta atrás, una espera martirizante, pero llegó el gran día, ese viernes mágico, seguido de un sábado de gloria y un domingo de culto al amor. De sobras sabíamos ambos que seríamos muy dichosos, pero francamente, nunca imaginé que tanto.

Muchos años de no disfrutar ni de unas mini vacaciones. Y ahora las iba a pasar con la mujer que amo. Me desperté muy temprano, quería robarle horas al reloj. Esta vez el tiempo iba a correr a nuestro favor. Qué ilusos, si no habría tiempo suficiente para nosotros nunca. La idea de que iba a dormir con ella, me entusiasmaba, no sabía si dormiríamos mucho o poco, pero era indiferente. Con ella me da igual dormir o no. El descanso y la serenidad están asegurados.

La recogí muy temprano, tanto que hubiese sido un error lanzarnos a nuestro destino, consciente de ello, se me ocurrió planear ir a ese pueblecito del que habíamos hablado. Era un balcón del mar, otro, nos apasionan los balcones del mar. Y allí que fuimos, y pasamos una mañana estupenda, nuestras miradas reclamaban mucho, pero teníamos tiempo por delante, y mucho por vivir.

Y ese es nuestro proyecto, vivir, vivir cada instante, cada momento, de todo aquello que nos ilusiona y por lo que luchamos.

Las carreteras secundarias hacen que un viaje parezca más largo, a mí no, porque mi viaje durará ya toda la vida. Con ella me importa poco donde esté, sin ella no quiero estar en ninguna parte.

Alcanzamos el destino y resultó ser demasiado pronto, las poblaciones ultra turísticas son como una factoría, no atienden a necesidades, sino a su propio negocio y eso nos hizo tomar la decisión de ir en busca de un lugar donde se acelerara el tiempo, un menú sencillo pero a gusto de ambos, y una charla amenizó la espera. Cambiamos de población incluso, y fuimos a parar a un sitio distinguido, éramos los únicos clientes, pero la amabilidad de las gentes de estas tierras nos hizo amenizar la larga espera.

A pesar de ello, aún era muy pronto, y las llaves del nido no estarían disponibles hasta que la providencia nos asistiera.

Todo el día tarareando la canción de El último de la fila.

"Na, na, na, na... que nos vamos comer un arrocito a Castellón".

Ja, ja, ja.

Pero no, no éramos los últimos de la fila, los primeros para recoger las dichosas llaves. Tras un largo proceso burocrático, las conseguimos. La llegada al esperpéntico lugar fue una odisea por el pequeño pero pesado equipaje. Excesivo sin duda, pero ya se sabe…

La tarde se convirtió en una de esas tardes de relax, de paz con uno mismo. No faltó de nada, la duchita de rigor y el encuentro nupcial. La sensación fue de placer absoluto, todavía el reloj estaba a favor nuestro.

La caja tonta nos amenizó la velada, no somos de televisión, pero tal vez es porque no tenemos con quien compartir las bobadas que se llegan a ver.

Cayó la noche cerrada, pero nuestros ojos abiertos buscaban el deseo, el contacto directo, no podemos estar en distancia social. Somos como la uña y la carne.

La noche era un desafío, nunca habíamos dormido juntos, la cama disponía de una trampa a modo de separación que podía suponer un inconveniente. Pero no, claro que podía haber sido seccionado por hueco intermedio durante la noche, pero no.

A la mañana siguiente, el despertar fue un sueño más, estaba con ella, sabía que estaría despierta y activa. Era como una visión, un espejismo. Un paraíso en mitad del desierto.

El amor fluye por los caminos más insospechados. El amor no tiene fronteras, ni entiende de matrimonios ni nada de eso.

El amor es puro en sí mismo.

Quisimos disfrutar de la piscina pero no estaba en servicio hasta el día siguiente, pero la disfrutamos, playa y piscina de tarde Por cierto, una playa solo para nosotros, no había nadie, parecía un escenario para rodar una película, y solo estaban los protagonistas y algún extra por ahí suelto.

—Ves, yo sabía que el amor aparecía hoy. —Afirma el otro yo.

—Lo has pedido tú. No fastidies. —Responde el poeta.

—Sí, sí, es cierto, he sido yo. ¿Vamos al acantilado aquel? ahora que digo acantilado…

—Para, que sé por dónde vas. ¿A qué estás pensando en Francia?

—Claro, sí. —Responde el otro yo.

—Pues Francia queda pendiente para otro día vale. Vamos al acantilado, tal vez allí logre una sensación placentera, ataráxica.

—Mira esa obra me gustó, es de las pocas que me gustó. Ataraxia. Poeta, ¿es cierto que hablas con el mar? ahora no estoy de broma, de verdad.

—No sé si creerte, pero voy a hacerlo. Al fin y al cabo nada tengo que perder. Sí queridísimo yo… Él me habla, yo solo lo escucho. Y también te habla a ti, pero ya te digo, "No hay más sordo que quién no quiere oír". En cierta ocasión escribí un relato, tal vez lo recuerdes… había perdido un pendrive y me sentí desnudo.

Decía así…

Una extraña sensación se adueña de mí esta tarde... el día ha tenido altibajos. Los escasos momentos con mi princesa borran todo lo demás. Pero siento que he perdido parte de mi vida... en ese pendrive.

No es para tanto, solo es la sensación, nada más.

Qué tendrá este mar... que me llama. Los misterios que guarda me atraen... y me obligan a parar... y dónde... Eso lo tengo claro.

Ahí... hay que infringir para acceder pero... allá voy... necesito parar y fumar.

Sí, cuando algo es extraordinario, lo llamamos con nombres extraños.

Paranormal, para algo no explicable, sobrenatural para lo que excede o está más allá de lo que se entiende como natural o que se cree que existe fuera de las leyes de la naturaleza y el universo.

El mar a mí me habla... Sí me habla sin palabras... pero me habla. El mar a mí me cuenta que hay un mar de penas y que las angustias destruyen...

El mar me ordena... ordenar es poner en orden... quien sufre debe ser consolado.

El mar me da fuerza... el poder es la fuerza. Las almas tienen poder.

¿Es explicable? no, no lo es. Pero lo hago... lo explico.

¿Es sobrenatural? sí, ¿y qué? no todo está bajo los parámetros de lo natural.

Las almas no pertenecen a este mundo, son sobrenaturales, pero su energía puede incidir en él.

El mar entiende de amor... y me llama... sé lo que debo hacer... me lo dice el mar.

Siento ataraxia en el mar. Tengo poder... me lo da el mar.

El mar me indica el rumbo... no voy a la deriva... me guía el mar. Todos somos hijos del mar... Todos somos mar. Y los misterios abren sus puertas cuando estoy cerca del mar.

No soy vidente, ni invidente, no soy adivino, ni divino. Soy hijo del mar.

Mi mente se nutre de la energía del mar... y el mar me habla.

"Ámala más que a ti mismo... ámala... como jamás amaste a nadie. Guía su alma... orienta sus pasos... ámala... enséñale el camino a la felicidad".

Estas palabras resuenan en mi mente abducida por mi mar sereno. Y las olas que rompen contra esas rocas, son el fondo musical.

Mi alma se llena de paz... y de luz.

Mi corazón está vivo porque así debe ser. Estuvo a punto de integrarse a su hogar... al mar. Pero está vivo. No ha terminado su trabajo, y soy esclavo de mis palabras; "nunca dejo ningún trabajo sin terminar". Y soy dueño de mis pasiones y de mis sentimientos.

La amo... Sí, como jamás amé a nadie. La guío, observo sus errores, no puedo evitarlos, no debo... pero estoy ahí... siempre estoy ahí... siempre de guardia.

La amo porque la aman, sí, los que no están la aman.

Me lo dice el mar... mi mar... nuestro mar.

Bueno y por hoy se acabó, es suficiente. Ahora vamos a disfrutar de estas maravillosas vistas.

—Mira, todos los veleros tienen velas blancas, pero aquel...parecen oscuras.

—También las tenía, fue un contra luz lo que hizo que las vieses negras. —Responde el poeta.

—Poeta, ¿te puedo hacer una pregunta? ¿Tan enamorado estuviste de esa mujer?

— ¿Qué pregunta es esa? Mira chafardero, te diré la carta que un día me escribió. —Responde el poeta a la petición.

Decía así…

"Hoy decías... ríete no estés seria.

Y sí, tienes razón. Hoy es uno de esos días de sonrisa perezosa.

Y no porque tenga miedo, todo lo contrario, mi cabeza no para ni un momento y mi mente no logra encontrar la manera de salir de este laberinto. Mira, digo esto seguramente recordando lo que ayer escribí de Detrás, pero es que realmente me siento así. Ando, corro, me detengo... por infinidad de caminos dentro de un mismo laberinto y no logro encontrar la salida. A veces me parece ver luz y ansiada me dirijo hacia ella, pero es tan breve el recorrido, que en poco tiempo me doy cuenta que era tan solo un espejismo, de nuevo, una sombra sin salida.

Amo a mis hijos, daría mi vida por ellos, lo sabes tú bien, pero en estos momentos siento que detienen mi libertad y eso me angustia.

Nos movemos por pasiones, si pudiera este mismo lunes me iría contigo al fin del mundo. Sueño con estar a tu lado y vivir junto a ti al máximo. Y me ilusiono, y me imagino cumpliendo este sueño.

Pero luego vienen días como hoy en que pongo los pies en el suelo y empiezo a pensar en la manera real de llevarlo a cabo.

Claro que sí, siempre lo hemos dicho, lo haremos bien... Pero ¿Cómo se hace bien, amor?.. No sé por dónde empezar.

Hay una cosa que tengo clara y es necesario hacerlo así, porque no quiero que nada interrumpa o estropee nuestra relación.

Quiero disfrutar tanto de nosotros que he de pensar con coherencia.

Vamos a hablar claro, transparente. Dejaremos la poesía para otro momento y nos centraremos.

Tú y yo debemos disfrutar juntos. No formar una nueva familia.

Por tanto vivir todos juntos está fuera de contexto. Yo no puedo traerme a mis hijos y pretender vivir unidos. Sería una situación que nos conduciría al fracaso. No, eso no está en mi mente, para nada, y creo que tú tampoco lo contemplas. Si mis dos hijos fueran ya mayores, tal vez sería diferente, pero reconozco que un niño de corta edad, todavía es muy "pesado" convivir con él, por lo mucho que me reclama.

Entonces. ¿Cuál es la mejor manera? Sinceramente no lo sé. Y no paro de pensar de cómo hacerlo posible.

Hoy he estado buscando viviendas. Me ha gustado un apartamento, planta baja, la verdad es que parecía estar viviendo en una casa por la terraza que tiene, 2 habitaciones, y un precio asequible con piscina en la costa.

Bueno, es solo un ejemplo. Lo verdaderamente importante, es que no tengo ni idea de cómo proyectar nuestro futuro. Y estoy deseando hacerlo realidad, y no sé cómo. Te amo, de eso estoy segura y deseo con todas mis fuerzas poder estar a tu lado.

No es que esté seria amor, es que mi cabeza no para de dar vueltas...

Te quiero.

—Sí, menuda cartita, y hubo respuesta, lo recuerdo. —Afirma el otro yo.

—Sí claro que la hubo… —Responde el poeta.

Decía tal que así…

Tal vez sean las palabras más bonitas que he leído jamás, sin duda, son las más hermosas palabras que me han escrito en mi vida.
Ahora entiendo porque me enamoré de ti. Eres lo más grande que he conocido y sabes que estaré contigo en las duras y en las maduras. Entiendo tus reacciones, lo que parecía lejano ahora está aquí. Pero no va a ser impedimento para lo nuestro, tal vez tengamos que estar así un tiempo, pero no cambia nada, nuestro proyecto sigue en marcha y nuestro amor también.
Las ilusiones y los deseos, igual que las fantasías están intactas.
Y yo quiero y deseo que estés tranquila y que no busques atajos ni salidas donde no las hay.
El propio devenir nos abrirá las puertas. Jamás intentaría hacer mal a nadie, y mucho menos a esos hijos que adoras. Yo también los quiero porque forman parte de ti. Pero no soy un cenutrio, ya sabes lo que soy, alguien que te ama con locura y que espera siempre poder ser feliz a tu lado. Como ese loco de la estatua de la Cibeles.
Te amo hasta el infinito.

—Pero bueno, ¿a qué hemos venido aquí? se supone que a pasar unas vacaciones. ¿No te viene un olorcillo a fritura? mira la ventaja de ser un espectro es que nos podemos poner las botas y no nos cobrarán nada. ¿Qué te parece? —Propone el poeta.
—Ente, ente, hemos quedado en ente… —Apunta el otro yo.
—Bueno eso ente, como quieras. Anda vamos al paseo marítimo, como verdaderos turistas. Mira ese es el mejor restaurante de la

zona, el gerente es un andaluz, pero oye, vaya andaluz, tienen fama de alegres y salerosos, pues este es la excepción. Un déspota, no tanto con los clientes, que también, pero a los camareros los trata como contramaestre de las galeras de esclavos. —El poeta en tono alegre responde, y queda pensativo.

Aquí viene la primera incertidumbre, es el primer contacto que van a tener con personas, ¿Son conscientes ya de su situación? Lo más probable es que no los vea nadie. ¿Pero serán capaces de asimilarlo?

—Ahí hay una mesa poeta, vamos tiene una vista impresionante. Pero bueno, ¿Cómo vamos a pedir? Ni siquiera saben que estamos aquí. —Señala el otro yo.
—Déjame a mí… le miraré a los ojos y ya verás… —Indica el poeta.
Un más que despierto y hacendoso camarero que luce un espléndido y frondoso bigote al estilo de aquellos grandes chefs de cocina y una impecable chaqueta de un blanco inmaculado se dirige hacia ellos, su sorpresa es evidente ambos quedan boquiabiertos y de pronto…
— ¿Qué desean los señores?
— ¿Perdón? ¿Pero… usted nos ve? —Pregunta el poeta.
—Hombre, si no lo tenían muy mal ¡eh! ya me dirán cómo comerían si no. —Responde el camarero.
—Pero claro es que nosotros somos… —Señala el poeta.
—Pues como yo hermanos, sino… ¿de qué…? —Responde con abierta risa el camarero.
—Bueno, está bien, pues encantados… ¿Pero…? —Se pregunta el poeta.

— ¡Ah! Tranquilos por la cuenta, aquí las almas del purgatorio no pagan. Ja, ja, ja. —Responde con salero el camarero.

— ¿Has oído eso? Ha dicho almas del purgatorio. Y yo que pensaba… Señala el otro yo.

Cuántas veces habremos oído eso del purgatorio, en realidad lo relacionamos como si se tratase de una especie de castigo, un lugar intermedio entre la tierra y el cielo para aquellos que no merecen la gracia de Dios. Pero ese planteamiento es extremadamente religioso y pensar que no pertenecer a ninguna confesión ya es una condena es del todo absurdo en los tiempos que vivimos.

—Tú siempre has sido mucho de pensar, pero nunca has pensado que podías hacerlo de forma incorrecta. Además, qué más te da. Aquí podemos comer, en el cielo no lo sabemos. Y si hay que purgar, pues se purga.

—Está bien poeta… ya no hablo más. Aquí hay más de una que tiene mucho que purgar ¡eh!… mira aquellas dos. —Admirado dice el otro yo.

— ¿Qué dices chalao? Son dos señoras, personas humanas quiero decir. —Apunta el poeta.

— ¿Y cómo lo sabes? También lo parecía el camarero y mira…

—Calla, ahí viene… ¿a ver qué nos ofrece? —El poeta frena el comentario del otro yo.

—Bueno señores, tengo un "suquet de rap" para chuparse los dedos y después les serviré una langosta de la casa que no olvidarán jamás. Como la que se está poniendo entre pecho y espalda aquel señor de la mesa del fondo. Por cierto, saluden, es a ustedes que se dirige. Es otra alma en pena. Ja, ja, ja. —El camarero señala con disimulo al comensal.

— ¿A nosotros? ¡Ah! hola… encantados. Caramba, mucha pena no parece tener, se está poniendo como el Quico. Ja, ja, ja. —Ríe y comenta el otro yo. —Entonces ¿las señoras, tal vez?

—Va, déjate de señoras que tenemos trabajo para comernos todo lo que este hombre nos va a poner. —El poeta intenta desviar el asunto.

—Bueno, está bien, pero esto del purgatorio, me lo tienes que explicar eh, porque yo de estas cosas no sé nada de nada.

—Sí, hombre sí, no te preocupes, pero uno de los dos es responsable de que estemos aquí, sin duda. —Dice el poeta.

—En el restaurante tú, has dicho que tenías hambre. —Responde el otro yo.

—En el purgatorio fantasma. —Le recrimina el poeta.

— ¡Ah! Ahora ya no soy espectro, ahora ya fantasma ¿No? —Se molesta y se indigna el otro yo ante el nuevo calificativo.

—Vamos, vamos señores, que he oído lo de fantasma, llévense bien que están como en su casa. —El hacendoso camarero echa un cable a un puntual desencuentro.

—Gracias, es usted muy amable. —Señala el poeta.

—Una cosa sí me tiene intrigado… son uno en dos… ¿A qué se debe? no es muy habitual. —El camarero tiene sus dudas.

—Pues entendemos que en vida siempre fuimos dos, debe ser eso. —Responde el poeta.

—Ah, ya entiendo, cosas de desdoblamientos ese ¿no? Hace poco estuvieron aquí dos chicas, sí igual, eran una en realidad. No entiendo yo mucho de eso del desdoblamiento, pero sí. Bueno aquí tienen el "suquet" ya me dirán… —El camarero trata de asimilar conceptos.

—Escuche… usted no parece de aquí, no es cierto… ¿Tal vez andaluz? —Pregunta el poeta.

—Sí señor, a mucha honra, para servirles… de Barbate… Ele la grasia…—Responde el camarero

—Vaya, de Cádiz, magnifico. —Señala el poeta.

— ¡Ah! ¿Pero conocen ustedes Cádiz? —Pregunta con sorpresa el camarero.

—Hombre ya lo creo, y nos encanta…—Responde el poeta.

—Pues ya se han ganao el postre especial de la casa, mira tú por dónde. Buen provecho amigos.

—Vaya, vamos cosechando amistades, eso es bueno estando donde estamos. —Afirma el otro yo.

—A ver si lo entiendes, no estamos en ningún sitio, y a la vez en todos. Y ahora a por el "suquet" ¿vale? —Recrimina el poeta.

—Comer y callar… eso es. —Responde el otro yo. — ¡Ay! que sé por dónde vas… la comida en un castillo ¿No? Me callo, me callo. Es que yo también estaba, compréndelo.

—Sí hijo sí, ya sé que estabas, en todas partes. —Señala el poeta.

—Bueno, esto está exquisito, pues no hace tiempo que no pruebo algo así. Bueno, de verdad. —Afirma el otro yo.

—Ahí viene de nuevo, ahora la langosta, espero que sea una para los dos. —Dice el poeta con los ojos como platos.

—Aquí tienen señores las mejores langostas de la Costa Brava.

—Diríamos esta vez canta, pues más que decir canta el camarero.

—Madre mía, si esto es el purgatorio, nos quedamos a purgar mucho tiempo ¡eh! —Señala el otro yo.

—Bueno, vayan pensando en el postre, yo les aconsejo…

—Espere, espere… ¿yo… si hubiese crema catalana? —Pregunta el poeta.

—Pero sí, no me ha dejado decírselo, es el postre estrella de la casa, paisanos. —El acento andaluz brilla con esplendor en la voz del camarero.

— ¡Ah! perdón, pues ya está. Muchas gracias. Mira vamos
mejorando, hemos empezado por entes, después amigos y ahora
ya paisanos. —Afirma el otro yo.
Y continúa con una nueva petición…
—Bueno, me vas a relatar aquella disculpa por ser una cotorra, ¿a
qué sí?
—Sí hombre sí, ahora sí. —Responde el poeta.
Fue así, era de rigor pedir disculpas, la lengua se desata cuando
hay cosas que decir, pero…

Sin duda es totalmente aceptable el argumento de que un loro
parlanchín de la brasa en una comida o donde sea.
Es por eso que además de pedir disculpas quisiera, sin ánimo de
poner excusas, decir las razones que me llevan a eso.
Soy una persona tremendamente callada, es más, considerada
asocial en muchos ámbitos. Pero resulta que después de muchos
años, ese enmudecimiento se ha convertido en la necesidad de
hablar y hablar, porque es la primera vez que tengo algo, mejor
dicho, mucho que decir algo alguien. Y ese alguien eres tú. Está
claro que pondré freno al desenfreno, que aparcaré mis alas
aunque sea en doble fila, y que los silencios hablarán por mí
especialmente durante las comidas.

Sabes de sobra que si me propongo algo lo consigo, y esto
también, aún sabiendo que te molesta.
Aquella sensación de que puedo hablar a alguien que me
entiende, me arrebata y me fascina, pero comprendo
perfectamente que incomoda.
No sucederá, llevaré ajustado el bocado, para centrarme en el
otro bocado.
— ¿Bocado? —Preguntó ella.

—Sí, se llama bocado o freno a la parte de la brida que se introduce en la boca del caballo para dirigirlo. Es por lo general de hierro y/o acero, aunque se han llegado a hacer bocados hasta de goma. Y sobre todo centrado en el Bocado que te daré después de los postres en nuestro ring de combate de amor…

—Es curioso, todo lo arreglabas con amor. —Señala el otro yo.

—El amor lo arregla todo. Eso sí cuando es verdadero, de lo contrario puede estropearlo. —Afirma el poeta.

—Bueno, unos cafés supongo, ¿va bien? —De nuevo el camarero andaluz.

—Pues sí, haremos una excepción, no solemos tomar, pero sí. Y escuche… debemos darle las gracias por su amabilidad, ha sido todo una gran sorpresa y un honor conocerle. Se lo decimos con toda nuestra alma, claro, es lo que nos queda como bien comprende usted, mejor que nadie. Sinceramente, muchas gracias. —Responde el poeta.

—Pues verán señores, soy yo quién debe agradecerles a ustedes haberme dado la oportunidad para conseguir mi objetivo. Me explico, aquí para ganarse el cielo, eso que todos anhelamos debemos cumplir unos requisitos, los que vulgarmente se dice ganarse las alitas de ángel. —Manifiesta sigilosamente el caballero andaluz.

— ¿Pero, qué me dice usted? me he quedado, nos hemos quedado de piedra. Bien ganadas las tiene desde luego. En breve viajaremos a Cádiz, lo hacemos a menudo, y no dude que allí dejaremos claro que en el cielo billa una nueva estrella, un ángel andaluz, le doy mi palabra. —Responde el poeta.

CAPÍTULO 3

Viaje al sur.

La invisibilidad tiene más ventajas, nuestros protagonistas se alojan en el mejor hotel de la Costa Brava, conocido por sus numerosas escapadas en su ajetreada vida de hotel en hotel. Pero en su mente el poeta viajar al Cádiz de sus amores. Allí tiene recuerdos inolvidables y está deseoso de reencontrarse con ellos.

—Este hotel es el más acogedor de toda la Costa Brava, por cierto, voy a llamar a Cádiz, nos alojaremos en el de la Plaza del puerto. —Señala el poeta.

—Es muy curioso, no eres de cambiar de alojamiento, en cambio a mí me gusta consultar precios. —Responde el otro yo.

—Pero vamos a ver, cambia el chip, ya es hora, entiende que nosotros no miramos precios ni miramos nada, para nosotros eso se acabó hace tiempo. —Argumenta el poeta.

—Tienes recuerdos de aquel hotel, los dos lo sabemos. —Afirma el otro yo.

—Nada que no se pueda contar, eso está claro. Mira, ¿qué tal un gin tónic? Ahí hay una terraza estupenda. —Apunta el poeta.

—Caramba… eso no se pregunta, vamos… pero… —Señala el otro yo.

—Nada, ya sé lo que estás pensando, esta vez déjame que me luzca con mi lectura de ojos… ¿vale?

—Hablas con el mar, lees los ojos a la gente, tampoco es muy normal eso ¡eh! ya me dirás. Por cierto, ¿y qué ves cuando miras ojos? —Pregunta el otro yo.

— ¡Uy! de todo… y no siempre bueno, los ojos son como aquellos retroproyectores, ¿sabes? sí, reflejan imágenes que se transforman en ideas o incluso en palabras. Es difícil explicarlo, no es una comunicación convencional, es más bien una sensación, una intuición. —Responde el poeta.

—Pero te puedes equivocar, te ha pasado, me consta. —Intenta poner en jaque al poeta.

—Sin duda, en muchas ocasiones, no lo niego, hay miradas muy oscuras, en cambio otras son claras y diáfanas. —El poeta se defiende respondiendo de forma inteligente.

—Dime, ¿Cómo era la de ella? —Pregunta el otro yo.

—Vamos, si lo sabes de sobra, la más clara que he visto en toda mi vida. Su mirada era limpia y pura. —Responde el poeta.

—Tal vez eras tú quién la veía así, no dices que vemos lo que queremos ver. —Afirma el otro yo.

—Lo que veo es que quieres buscarte un problema conmigo, eso sí lo veo, y muy claro. —El poeta arremete contra su ahora presunto rival.

—No, no, perdona, no es mi intención. Recuerda, soy tu otro yo, no somos extraños. —Aclara rotundamente el otro yo.

—Bueno, toma asiento, aquí mira… estupendo, el paseo es como un desfile de modelos, disfrutaremos de eso. Y del gin tónic claro. Un cambio de tercio pone fin a un nuevo conato de desencuentro.

—Esa chica es de aquí, pero no nos ve, está clarísimo. —Afirma el otro yo.

—Espera, deja que pueda ver sus ojos… —Responde el poeta.

— ¿Sí?… Díganme señores… —Una hermosa joven con una armoniosa voz.

— ¡Vaya! Esto ha sido rápido, ¿cómo lo has hecho? —Pregunta el otro yo.

—Sí, por favor, dos gin tónic. —El poeta responde de inmediato a la bella camarera.

—Enseguida señor. —Una tierna y a la vez curiosa mirada acompañada a aquellas dulces palabras.

—Escucha, mira aquel hombre… ¿no es el mismo del restaurante? —Pregunta el otro yo.

—Y tanto, es él, sin duda. Voy a saludarle, nos está mirando con insistencia. —Responde el poeta. —Buenas tardes, otra vez coincidimos. ¿Qué tal?

—Bien, bien… veo que se conocen los sitios claves. —Señala el caballero.

— ¿Los sitios clave? La verdad es que no. Hemos aterrizado aquí de puro milagro. —Responde el poeta.

—Pues han acertado de pleno, aquí no solo está esa muchacha, también el camarero de la barra. —Aclara el… vamos a llamarlo compañero de viaje, o alma viajera, si se me permite la expresión.

—No me diga, ¿¡es posible!? —Exclama el poeta.

—Ya lo creo, llevo aquí tiempo y conozco a casi todos, suelo comer siempre allí, es el mejor de la zona, pero a veces cambio, tampoco me gusta hacerme pesado. Pero aquel hombre es muy amable. —Puntualiza el compañero de viaje.

—Pues, de nuevo, encantado de saludarle, y gracias por la información. —Amablemente el poeta se despide del distinguido señor.

— ¡Hasta siempre compañeros! —Responde el alma viajera.

—Lo mismo digo, mañana partimos hacía Cádiz. ¡Hasta la vista!

—Ja, ja, ja. Ya decía yo, esto ha sido muy rápido, con razón… lectura de ojos… déjame que me ría. Ja, ja, ja. —Exclama el otro yo, sin parar de reír.

—Ríete, ríete… que ya tendrás que rogar en algún momento, hay que ser testarudo ¡eh! es increíble. —Responde en tono recriminatorio el poeta.

—Señores… sus gin tónic, que vaya de gusto. —De nuevo la singular camarera.

—Perdone la indiscreción señorita… Es usted muy joven, me refiero que…

—Gracias caballero, es un halago, no tanto como cree, pero sí. Y veo que han hablado con aquel señor, es cliente habitual, me conoce. —De este modo la camarera aclara la situación.

—Sí, en efecto, nos conocimos en el restaurante y…

—Pue sí, ya ven, la edad no importa para estas cosas, nunca se sabe cuándo le toca a uno. —Y recalca, con esta afirmación.

—Es cierto, sin duda, pues no sé si decirle que me alegro o lo contrario. —El poeta asiente y comprende el sentido de sus palabras.

Sin embargo la joven camarera va más allá…

—Pues alégrese hombre, alégrese, tampoco es ningún drama esto. Se trata de aceptar el destino y poco más. Y ya saben que está todo pagado, no se preocupen de nada.

—Muchas gracias señorita, muy amable. —El poeta asombrado responde a la joven con una sonrisa en sus labios.

—Buena musa poeta. —De nuevo el otro yo quiere hacer de travieso. Esto irrita al poeta, y lo sabe.

—Anda cállate que no sabes cómo meter la pata. Será posible, en ningún momento se me ha pasado por la cabeza. —Responde malhumorado.

—Bueno, eso me vas a permitir que lo dude, pero si tú lo dices…

—Venga… tonifícate y para de dar la lata, que eres un poquito pesado. —El poeta zanja el asunto con un calificativo puntual.

—Perdona hombre, solo era una broma… Por cierto, ¿has llamado a Cádiz?, no te he visto… —El otro yo entra en fase de disculpa y cambia de tema.

—Sí tranquilo, tenemos nuestra habitación de siempre, aquella que parece una casa de campo en medio del casco urbano. Salvo que quisieras reservar la suite nupcial. Ja, ja, ja. —Una sonrisa pone fin de nuevo a otro desencuentro. Pero…

— ¡Ole!… tú sí que te permites hacer bromitas y en cambio yo no puedo… —Exclama y reclama el otro yo.

—Pero si no has parado en todo el día. Anda vamos al hotel, que mañana no habrá quién nos despierte. —El poeta intenta poner fin definitivamente al asunto.

— ¡Hombre!… déjame disfrutar de la copa, y del paisaje. —De nuevo el otro yo reclama.

—Sí, sí, tranquilo, si no tenemos ninguna prisa, desde luego, nadie nos espera. ¿Recuerdas un relato de mi musa, que hablaba de tomar una copa? —El poeta ahora quiere amenizar la velada.

—Desde luego, era magnifico, no son comparables a los tuyos, los de ella me encantan. —Pero el otro yo sigue algo guerrero.

— ¡Vaya! Muy bien, muy amable. Venga… ahora te toca a ti… Cuéntamelo va. ¿No te acuerdas?

—Sí me acuerdo, mira… hay que entrecomillarlo, ella lo publicó en su obra Relatos Cortos.

—Sí, por supuesto, entrecomilla, claro. Ja, ja, ja. —Exclama el poeta.

"Haré lo que siempre hacía, tomarme una copa de vino blanco, incluso un poquito más, mientras me maquillo.

Todavía después de muchos años, no logro encontrar un Rymmel, antes se llamaba así a todas las máscaras, ahora no.

Faltan cinco minutos para las nueve, un último repaso antes de salir por la puerta, sé que llamaras puntual, recuerdo que al quedar contigo, repetiste dos veces "a las nueve en punto"... Ese "en punto" delata ser una persona puntual.

Sí se llaman así "máscara".

Rímel "Rymmel" en realidad es una marca registrada que pasó a dar nombre genérico a todos los delineadores que así deberían llamarse.

Lo mismo pasó con Clausor, es una marca que derivó en ser sistema mecánico de bloqueo de dirección.

La máscara es otro concepto:

Objeto para ocultar el rostro, generalmente en ciertas festividades, rituales o actuaciones escénicas, que representa la cara de una persona, un animal o un ser imaginario".

—Bueno, éste no era, era otro, pero vale… lo recuerdo, claro que lo recuerdo. —Señala el poeta.

—Tal vez no debería… recordarte. —Indica el otro yo.

—Tal vez, sí… pero no importa, nada tengo ni debo tener en el olvido. —Responde el poeta

— ¿Nada…? ¿Estás seguro? —Recalca el otro yo.

—Sí, claro que estoy seguro… nada. —Asevera el poeta.

—Está bien, está bien. Entiendo. Esta tarde te hice una pregunta, y me saliste con aquella carta que te escribió. Tal vez ahora puedas decirme… —El otro yo está combativo, insiste.

—La pregunta era de lo más absurdo, de sobras sabes lo que sentía por ella. —El poeta es consciente de ello, pero no rehúye.

— ¡Ah! Veo que te acuerdas. —Exclama el otro yo.

—Pues claro que me acuerdo, como se me va a olvidar eso. Mira, para que te quede claro para siempre… Jamás, nunca sentí lo que con ella, en todos los terrenos. Y aún lo siento, le juré amor eterno, como el poema de Bécquer. Infinito, estamos en el infinito y yo siento lo mismo. Te lo garantizo. —Argumenta el poeta.

—Tal vez en su caso no sea lo mismo, ¿no crees? desde el otro lado todo se ve distinto, digo yo… —Afirma el otro yo.

—Haces preguntas que no tienen respuesta, el amor igual que la esperanza y otros sentimientos mayores se sustentan en la fe. La duda, la incertidumbre son enemigas de la fe.

Mira en cierta ocasión, salieron de sus labios, también de su tintero claro estas palabras. Tal vez sea la frase que llegó a sentirme pleno. Y entiendo que ella sintió la plenitud. Y me trae a la memoria un nuevo escrito que viene al caso.

En cierta ocasión…ella…

Dijo y escribió…

"Me he sentido niña en la piscina, señora en la mesa y mujer en tu cama".

Entiendes el alcance de esas palabras. Siempre hemos dicho que un hombre nunca deja de ser niño, y mira por donde eso no se lo atribuimos a una mujer. Pues te diré algo… La plenitud de una persona, sea hombre o mujer es eso. Sentirse niña es un derecho y gozar de los placeres adultos lo mismo. Pero lo más importante fue que eso lo sentí yo, sí, viéndola disfrutar en todos los campos me sentí verdaderamente pleno. Es la ansiada búsqueda de la felicidad por parte del ser humano. —Señala el poeta.

—Sigue por favor, es muy interesante… —Asombrado el otro yo reclama más explicaciones.

—Recordarás aquella obra de Bertrand Russell, La conquista de la felicidad. Desglosaba las causas de la desgracia, la desgracia Byroniana… es el orgullo de sentirse desgraciado. La competencia, el fastidio, la fatiga, el concepto de pecado, la manía persecutoria y el miedo a la opinión pública. Son valores intrínsecos que forjan la personalidad. Por otro lado habla de las causas de la felicidad, de la posibilidad de alcanzarla, por lo tanto de la esperanza, del entusiasmo, y los afectos, familiares y los demás. Esos intereses impersonales precisan esfuerzo y resignación, solo así somos capaces de rozar la felicidad.

Russell destacaba el concepto de amor mutilado, sí aquel que carecía de sentimientos profundos, solo basado en la estructura social, formar familias de forma inducida por la costumbre y no tanto basadas en el amor.

—Estás en tu salsa compañero, ja, ja, ja. Sigue, sigue… —El otro yo ahora está entusiasmado.

—No, por hoy es suficiente, mañana más. Vamos a recogernos que tenemos un viaje por delante. —El poeta pone límites y aprovecha para despedirse de la joven camarera.

—Buenas noches señorita, ha sido un placer, hasta otra ocasión.

—Buenas noches señores, y hasta siempre. —La hermosa joven responde cordialmente.

—Te has fijado, aquí las despedidas son hasta siempre, no indicará que es un destino eterno. —El otro yo sigue con sus dudas existenciales.

—Para bobos como tú, no me extrañaría. Anda vamos al hotel, es tarde. Bueno, ya estamos aquí, mira el ascensor está ahí… vamos. El pobre botones del hotel, este sí que no nos ha visto. ¿Te das cuenta? —El poeta zanja cualquier duda con sus argumentos y cambia de tercio cuando conviene.

El magnífico hotel es su preferido, cabe destacar que un investigador nato es una persona que se fija hasta en el más mínimo detalle de un entorno y un amante de las decoraciones, que sin caer en lo ostentoso conllevan un encanto. Y este establecimiento es un ejemplo de ello.

Un hermoso ramo de rosas siempre en el vestíbulo reviste de un estilo exquisito un entorno que invita a sentirse cómodo. Por no hablar del hacendoso y exclusivo personal, desde el propio director hasta el último botones. Podríamos incluir este hotel en la lista de lugares con encanto.

—Jefe, las puertas del ascensor se han cerrado solas, y ahora sube. —Señala el servicial botones ante lo que entiende como insólito.

—Habrán picado desde arriba hombre, que aquí no hay fantasmas, tranquilo. Pobre muchacho… qué cortito es. —Le responde el elegante recepcionista.

— ¡Ah! vale jefe es verdad… ¿Qué tonto soy? —Asiente el fiel botones.

Acomodados ya en la habitación, y tras la suculenta cena acompañada de una amena charla entre ambos.

—Bueno a descansar, hasta mañana. —Con estas palabras el poeta pone fin a una jornada trepidante.

—Hasta mañana, seguiremos la charla, sí. Por cierto… ¿Cómo eran esas noches en soledad, sabiendo que tu gran amor estaba lejos de ti? —Pero el otro yo no cesa en sus empeños, sería capaz de seguir con las charlas.

—Hasta mañana… —Insiste el poeta.

—Bueno sí, mañana me lo explicas. —Por fin, parece que el otro yo cede.

—No tienes sueño, ¿es eso no? —Pregunta el poeta.

—Pues no la verdad… —Responde el otro yo.

—En ese caso te voy a hablar de la soledad… pero no de las noches, de otra soledad.

Escribí tiempo atrás algo así…

Sentado en el parque, abrigado por mi amiga más fiel, la soledad de espíritu y armado con mi pluma. Así estoy en el laberinto de un bosque tapado por los propios árboles. Aunque la ventaja de la visión escáner (anglicismo), "scanner", pues, permite visualizar lo que parece ser opaco, lo poco transparente o lejos de la luz.

La visita inesperada de un brote de razón, eso que tanto nos cuesta dominar, me hace sentir seguro de mí mismo.

La racionalidad es ese cúmulo de valores objetivos, de positivismo, de las realidades colectivas, asumidas como centro de gravedad de nuestro entorno.

Pero desde principios del siglo pasado, la teoría de la relatividad hace aparecer otras realidades, otros matices de percepción de ese entorno.

La física es positivismo puro, en cambio abre camino a lo relativo, incluso a lo que puede parecer absurdo.

Pero la relatividad es cosa distinta al relativismo, la deformación de la percepción es el abandono de la lógica y entonces entramos en el terreno de lo abstracto.

Estando en mi parque, solo… escribí esto…

Además de visitarme la razón, también han venido estos patos, testigos de tantos pensamientos y fieles compañeros en las tardes que pasé aquí en un pasado.
Solo piden pan, y si no hay, no piden nada.
Su torpeza al andar me recuerda la misma que nos lleva a tropezar a nosotros ante cualquier irregularidad, por pequeña que sea.
En cambio en el agua se desplazan con una agilidad inaudita.
Eso me lleva a pensar en que cada uno pertenece a su entorno natural, y fuera de él es torpe.
Mi entorno es estar cerca de las almas, acariciar sentimientos y navegar por las aguas de mi estanque.
Los suelos resbaladizos me pueden hacer caer, por eso, piso suelo firme y a la mínima a mí estanque, con mi amiga la soledad.

—Pero bueno, si está dormido, si ya digo yo que es como llevar un niño al lado. Buenas noches, mañana será otro día.

El cansancio y el trajín solo puede acabar de una manera, durmiendo. Pero antes un repaso de lo acaecido, es cierto, algunas cosas son verdaderamente molestas, incluso cuando se las dice uno a sí mismo.
Los momentos que preceden el sueño son de repaso de lo que la jornada ha dado de sí. Y por otro lado el planteamiento de objetivos para el día siguiente.

—¡¡¡Chaquetes, espetos!!!... Vamos señores, recién sacados del mar. Ja, ja, ja. —Grita el poeta.

— ¡¡¡Caramba!!! Me has asustado… Pero… ¿Estamos en Cádiz?

—No hombre no, estamos en Málaga. —Responde el poeta.

— ¿En Málaga?... pero…—El otro yo sigue inmerso en el desconcierto.

—Es la ventaja de ser un… Mira, hoy te llamaré ser de luz, ¿Qué te parece, te gusta más? Nada de espectros ni entes, ser de luz.

El León provisto de sus alas mágicas nos trasladó anoche a este bonito paraje. La inconfundible Costa del sol, con sus arenas negras, y sus bellos acantilados mediterráneos. ¿Te has fijado? Vamos de acantilado en acantilado, es nuestro sino. —Señala el poeta.

—No lo sé, lo que sé es que he pasado la noche soñando con la soledad. Una sensación de tristeza inmensa. —Responde el otro yo.

—Va hombre va, tonterías, eso es cosa de poetas, anímate venga que iremos a un sitio inolvidable. —El poeta se siente animoso y parece que hasta feliz.

—Otro acantilado, como si lo viera. —El otro yo con tono de voz alicaído responde menos animado sin duda.

—Sí otro, pero provisto de las mejores vistas y un chiringuito donde preparan una merluza que quita el sentido. —El poeta parece estar eufórico.

—Madre mía, nos van a salir escamas de tanto pescado, ¿y un solomillo, o un entrecot…? ¿No te apetece? —Una sonrisa y un despertar casi total marcan ya un nuevo encuentro, una armonía de aquellos que aún se sienten dos sin darse cuenta del todo de que son uno solo.

— ¡¡¡Vamos hombre!!! que estamos en Andalucía, no fastidies…
Ja, ja, ja. Es aquí, vamos… —El poeta señala hacía un hermoso
enclave donde se encuentra un acreditado restaurante al borde de
un acantilado.

—Pero si es como una casa colgante de Cuenca. ¡Madre mía!
¿Esto es seguro, aguantará? —Pregunta el otro yo.

—Hombre, lleva más de cincuenta años aquí, no va a aguantar un
rato más… Qué cosas tienes. —Responde el poeta, con una
sonrisa que acredita su estado de alegría.

—Lo nuestro es como una ruta gastronómica.

—Pues también lo es, sí. ¿Por qué no? —Responde el poeta.

La panorámica desde este lugar es maravillosa, la altura y la
exclusiva luz da un tono azul indescriptible, un azul majestuoso
que seduce.

— ¡Buenos días señores! ¿Tal vez un aperitivo? —De nuevo una
sorpresa, otra vez alguien que los ve, los reconoce.

— ¡Vaya! Parece que tenemos suerte, otro que nos ve. —Dice el
otro yo.

—Sí por favor, unos finos y lo que quiera… —Responde el
poeta.

—Buena elección caballero, no se arrepentirá. —Y de nuevo otro
amable y hacendoso camarero que demuestra su entusiasmo y su
profesionalidad.

—Mira, este escenario me seduce. ¿Sabes el significado de
seducir? —Pregunta el poeta.

—Supongo que debe ser atraer ¿no?

Pero el poeta va más allá…

—Bueno sí, en realidad es encantar. Es mucho más que atraer,
seducir es hacer que quedes ensimismado de algo, absorto. En

realidad utilizamos términos de los que desconocemos muchas veces su verdadero significado. Fíjate... hoy mismo sin ir más lejos... Encantados de conocerle... Resulta que está claro que está muy lejos de una seducción, y encantar en su acepción literal es: Ejercer sobre alguien una acción para dominar su voluntad o modificar los acontecimientos, especialmente si resulta dañina o maléfica sobre esa persona o sobre su destino.

Seducir en cambio es hacer que otra persona se sienta atraída o enamorada utilizando los recursos necesarios para ello. Claro que sería absurdo decir... Enamorados de conocerle, sobre todo en nuestro caso con respecto a un hombre. Pero para referirme al mar sí lo puedo decir... Me enamora este mar, me seduce.

—Sí, sí está claro, es evidente que siempre estuviste enamorado del mar. —Exclama el otro yo.

El poeta parece estar en un punto álgido de inspiración y responde con largos argumentos.

—Así es... ahora que veo a esas personas, te contaré una anécdota. Estaba sentado en una terraza, como es costumbre para inspirarme en mis escritos, cuando observé que estaba rodeado de personas que me hicieron pensar lo siguiente...

Veo cuerpos amorfos, desfigurados, curvas morcillescas, valga la expresión, líneas de un Botero que olvidó su oficio. Rasgos dalinianos sin sentido ni comprensibles ni para un Dalí. No todo vale... La alimentación de grasas saturadas y otros componentes desconocidos, nos han llevado a la deformación de nuestra esencia de ser humano. Una degradación galopante, un despropósito. Vejez impregnando juventudes y una juventud escalando montañas para parecer más longeva. Es la imagen de un espejismo de una sociedad enferma, no sabe lo que quiere ni a dónde se dirige.

Los viejos valores se abandonan, se busca allí donde no hay nada. Lo absurdo cobra valor en alza. Los llamados seres de luz tienen el trabajo asegurado. Claro, por otra parte es lógico, si nunca se ha desvelado de dónde procedemos, es natural buscar el porqué de nuestra existencia.

Los dioses ya no están de moda, ni las religiones ni las creencias, lo que prima es la investigación. El análisis, la prueba que desmonte un mundo y lo transforme.

No es muy probable, los intereses superiores tratarán de seguir en el lado oscuro, opaco, no veremos nada porque nos tapan los ojos con divisa. El dinero es el Gran Dios de nuestra civilización. Lo demás es superfluo, inservible. Por ejemplo el amor.

— ¿A ver si lo he entendido? estabas rodeado de gordos, ¿no es eso? —Pregunta el otro yo.

—Bueno, dicho así suena mal, pero sí. Y me vino a la cabeza aquello del deseo carnal, ¿sabes?

Pensé…

Es curioso y a la vez habitual acumular deseos carnales inconfesables. Las carnes fornidas son síntoma de salud, sin embargo no es del todo así. La sobre alimentación es uno de las técnicas del consumo. El consumo debería ser homogéneo, es decir, cubrir las necesidades corporales, no al revés, rendir culto al consumo a través del cuerpo. Pero unas curvas son siempre unas curvas, y nada parecen tener que ver con lo quebrado. Qué falsa sensación. ¿Quién ha visto un animal obeso? Bueno, hoy en día todo es posible, pero en su naturaleza no está ese concepto. Lo suyo es la supervivencia, nada más, comer por placer es un absurdo. Propio de los humanos que siempre tienen un punto de endiosamiento.

Las dilatadas carnes y a la vez sinuosas pueden generar deseo carnal, pero la pestilencia y las carencias de aire suficiente para nutrir semejantes envergaduras bajan las lívido de cualquier ser racional.

El aroma de una mujer está en consonancia con su estructura, con sus formas naturales, todo lo que esté por encima es sebo, grasa superflua, sin ningún interés más que una visión esperpéntica de lo que es un cuerpo de mujer.

He dicho.

Esto es aplicable a la inversa, la imagen de un cuerpo desnutrido puede hacer el mismo efecto.

Como es nuestro caso... vamos a comer, que ya es hora. —Señala el poeta.

—Magnífica idea… Escucha… Te hablo a ti… ja, ja, ja. Has mencionado el endiosamiento, los dioses, las religiones, sé que has investigado a fondo sobre todo eso. Háblame algo de esas investigaciones. —El otro yo se siente atraído por los argumentos.

— ¡Buenooo! Vamos a meternos en un jardín que no veas… Está bien… te diré una cosa sobre el destino y la sumisión…

El destino debe estar cerca, lo difícil es buscar el camino, el pin, la clave que da acceso a lo deseado. Los deseos no son caprichos, son necesidades vitales. Tal vez aderezados de fantasía, y ¿por qué no? Lo contrario se llama represión. El deseo de un ser humano no es incompatible al de otros, es más es complementario de esos otros, no sabemos el nivel de represión de los demás, solo intuimos que es cercano al nuestro. Es un gran error, supone la sumisión de unos deseos subyugados a lo de otro. Cesión de libertad. Mal camino cuando hablamos de felicidad. Nunca será posible la felicidad condicionada a factores externos al individuo.

Es la primera vez que uso este término, no me gusta usarlo, pero creo que está vez corresponde.

Sin duda estamos ante el mayor misterio de la humanidad, esa pregunta aún sin respuesta a pesar de investigaciones desde tiempo inmemorial. Es probable que este sea uno de los sentidos de la vida, averiguar quién somos y de dónde venimos. Una pregunta que todos nos hemos hecho alguna vez. Y ahora verás… Tenemos que desplazarnos a la siguiente teoría…

La hipótesis de los antiguos astronautas, también conocida como hipótesis del paleocontacto, es una hipótesis sin base científica ni histórica que sostiene que seres extraterrestres han visitado el planeta Tierra y que estos seres han sido responsables, en varios grados, del origen y desarrollo de las culturas humanas, las tecnologías y las religiones (otra forma de llamarlo es creacionismo alienígena). Una variante común de la idea es que la mayoría de las deidades en las religiones, si no todas, son en realidad extraterrestres, y sus tecnologías fueron tomadas como evidencia de su condición divina.

—Eso me gusta, la ciencia ficción. —Señala el otro yo.

—Mira, si empezamos así, mejor lo dejamos, ¿quién está hablando aquí de ficción? Estoy hablando de investigación científica, ¿o es que no nos aclaramos? —Responde indignado el poeta.

—Va, explica eso de los astronautas, es interesante…

—Allá voy…

Los defensores de las "hipótesis de los antiguos astronautas" a menudo sostienen que los seres humanos son descendientes o creaciones de seres extraterrestres que visitaron la Tierra hace miles de años y que los seres híbridos de las mitologías antiguas son creaciones de estos seres alienígenas. Una idea asociada es que gran parte del conocimiento humano, la religión y la cultura vinieron de los visitantes extraterrestres en la antigüedad, en la que los astronautas antiguos actuaron como una "cultura madre". Defensores de los "antiguos astronautas" también creen que los viajeros del espacio exterior conocidos como "astronautas" construyeron muchas de las estructuras en la tierra como las pirámides de Egipto y las cabezas Moái de piedra de la Isla de Pascua o ayudaron a los seres humanos en su construcción.

Los proponentes argumentan que la evidencia de los "antiguos astronautas" proviene de las lagunas en los registros históricos y arqueológicos, y también mantienen que las explicaciones incompletas de datos históricos o arqueológicos apuntan a la existencia de "antiguos astronautas". Dicen que las pruebas incluyen artefactos arqueológicos que según ellos son anacrónicos o van más allá de las capacidades técnicas de las culturas históricas con las que están asociados, y obras de arte y leyendas que se interpretan como el contacto extraterrestre o con tecnologías extraterrestres.

— ¿Y por qué no han vuelto? —Pregunta el otro yo.

— ¿Quién dice que no lo hayan hecho…? Ahora vamos a entrar en el fondo del asunto… —Responde el poeta.

Desde que se tiene noticia, la humanidad persigue un ideal… la reencarnación. Eso es indudable. Pero claro, ¿qué tipo de reencarnación…? La materia ni se crea ni se destruye, según los científicos, se transforma. Los materiales orgánicos envejecen por el paso del tiempo y las condiciones de exposición al medio y mueren y se descomponen.

Sin ir más lejos, observa a los antiguos egipcios, una civilización avanzada, y siempre creyendo en la reencarnación, en su caso de lo carnal. No en vano vaciaban los cuerpos de vísceras, sangre y agua para evitar la putrefacción, embalsamaban los cuerpos para su conservación intacta, seguramente por la creencia de una nueva vida. Sin duda una reencarnación, en lo más puro de su concepto. Sin embargo, esa reencarnación, probablemente no era tal como creían. Lo inmaterial no está expuesto a ningún medio corrosivo, entre comillas, todos sabemos aquello del dolor de las almas. Y eso es lo que realmente nos planteamos… la posibilidad que esa reencarnación no sea de los cuerpos físicos, sino del alma. ¿Vas captando la idea?

—La verdad, me dejas perplejo con todo esto. —Responde asombrado el otro yo.

—Bueno, si quieres lo dejamos para otra ocasión… Te noto tenso, y no quiero influenciarte. —Dice el poeta.

—A ver, soy tu yo racional, como comprenderás me cuesta aceptar todo esto sin entrar en una duda razonable. —El otro yo no quiere sentar un nuevo precedente que cause un desencuentro.

—Pues claro que lo comprendo, no es fácil aceptar según qué cosas desde un punto de vista como ese. —El poeta responde con un grado de compresión absoluto. Y fiel a sus estructuras trata de argumentar sus teorías. —Ahora te diré una cosa, porque creo que has dado en el clavo… ¿Quién dice que seamos nosotros los que estamos en un purgatorio? Si damos la vuelta a la idea podemos interpretar que son los que no nos ven los que están en ese purgatorio, a los que llamamos vivos. Materia orgánica viva, en cambio nosotros somos seres etéreos, y ya ves que hay unos cuantos por todas partes, podríamos pensar que estamos reencarnados, ¿por qué no?

Ahora recuerdo las palabras de aquella muchacha… ¡Alégrese! dijo, pues casi que voy a tener que hacerlo, a tenor de lo que hay.

—Bueno, pues seamos lo que seamos, yo ahora tengo hambre y ganas de probar esa merluza que dices que preparan aquí, ¿qué te parece? —El otro yo acepta los argumentos pero ahora tiene en mente otra cosa… comer.

—Pues una idea magnifica, vamos a ello… ¡¡¡Camarero…!!! Haga el favor…

—Díganme señores… ¿qué desean?

—Dos raciones de merluza a la marinera, ¿puede ser?

— ¡Cómo no…! por supuesto, ahora mismo. Pero antes quisiera… disculpen la indiscreción, pero no he podido evitar oír su conversación, va usted por buen camino, se lo aseguro, por todo eso que argumenta, ¡ah!, y también por la elección de la merluza claro, —Señala el distinguido camarero. —¡¡¡Marchando dos de merluza a la marinera para los distinguidos señores!!! — Grita con orgullo.

—Esta gente es increíble, son simpáticos, amables y serviciales al máximo, me encanta este sitio, ¿o tal vez debería decir… me enamora? bueno las dos cosas. —Apunta el poeta.

—Pues entonces di… me seduce… es lo oportuno, ¿No?

—No lo sé, me he hecho un lio con tanta definición. Oye, ¿Por qué te gusta tanto el sur…? Tú eres del norte. —Pregunta seguidamente.

— ¿Del norte de dónde? Del norte de la península ibérica sí, pero todo es relativo, también soy del sur de Europa. La localización de un lugar tiene diversas dimensiones para medirse. Me has hecho recordar un escrito, sí, una prosa poética…va que te la recuerdo… mientras llega esa merluza. —El poeta esta vez se arranca con prosa poética. —Qué poco espacio queda de libertades entre dos almas que caminan juntas formando un todo. Es el despliegue de las alas que se dirigen a un cielo.

Qué poco espacio queda para vano entre seres de luz que no atienden a nada que signifique oscuridad. Su norte es la luz de donde proceden.

Qué poco espacio queda de mentira entre dos enamorados del amor puro y verdadero. Su mundo acristalado solo apunta a la verdad.

Qué poco espacio queda de ataduras entre dos corazones encadenados con eslabones que no atan, sino liberan de ataduras. En busca de la cima del monte sagrado.

La libertad no entiende de libertades, ni de asuntos vanos, ni de mentiras, ni de ataduras. La libertad es la cumbre, la cima ese monte sagrado llamado felicidad.

Y sigue…

—Mira, el otro día leí un escrito donde se hablaba de la anáfora, una retórica literaria que debe usarse con cuidado, porque realmente es hermosa, pero su uso inadecuado es fatal. Igual que los pleonasmos, en ocasiones los usamos comúnmente de forma innecesaria, por ejemplo; "Ahora subo para arriba", ¿qué tontería no, cómo va a subir para abajo? "Lo vi con mis propios ojos" Otra, ¿Cómo lo va a ver con los ojos de otro? En fin, la vida es un compendio de excentricidades que complementan una normalidad, de lo contrario sería verdaderamente aburrida.

— ¡Et voilà! Que diría un francés… ja, ja, ja. Aquí está la merluza, bueno, es que solo verla ya alimenta, vamos a ello.

—Realmente exquisita, sí señor… —Exclama el otro yo. —Esta tarde estaremos en el paraíso… ¿Es una frase bíblica?

—No hombre no, estaremos en Cádiz. —Responde el poeta.

—Bueno… señores, ¿cómo ha ido eso? —Pregunta el camarero con una media sonrisa que sabe de sobras la respuesta.

—Magnífico, de verdad, un manjar exquisito. Es cierto que no lo olvidaremos, y a usted tampoco. Partimos sin demora, queremos llegar a Cádiz esta tarde. Gracias por todo. —Se despide agradecido el poeta.

—Gracias a ustedes, ha sido un honor servirles. Vuelvan cuando quieran, aquí estaremos. —Responde el camarero malagueño.

—Sin duda lo haremos, repito… gracias.

—Buen viaje señores.

———————————————

CAPÍTULO 4

La Tacita de Plata

El esperado momento, el viaje a esa tierra que acumula recuerdos en la memoria de un poeta que quedó prendado de ella desde el primer momento. El fugaz viaje a bordo de ya conocido como León alado les lleva al corazón de la ciudad andaluza, y en plena Tacita de Plata...

—Bueno pues ya estamos aquí... tu querida tacita de plata. ¿Tienes buenos recuerdos eh poeta? se te ve feliz aquí.

—Verás, la primera vez que estuve aquí era muy joven, corrían los años setenta, era militar, marinero, y la casualidad o el destino, sí se llamaba destino precisamente, me trajo hasta aquí. En realidad era un punto de tránsito para llegar al verdadero destino, Las Palmas de Gran Canaria. Allí nos esperaba el buque donde estábamos destinados, digo estábamos pues me acompañaba un compañero y paisano, catalán como yo. Un muchacho peculiar, lucía un enorme mostacho que le proporcionaba un aspecto de artista, y lo era, ya entonces era director de teatro. El antiguo servicio militar truncó a muchos su vida, un año y medio de paréntesis que nos mantuvo fuera de juego. Pero eso es otro tema. Tuvimos que apañarnos con los cuatro duros que traíamos para pasar aquí una semana entera, sí en este mismo hotel, entonces era una humilde fonda de gentes sin posibles, de tránsito vamos. Lo que tuvimos que hacer mejor no lo cuento, tampoco tiene sentido ahora.

Pero realmente mis mejores recuerdos son el viaje de mi vida, ese que me trajo aquí pasados los años, esta vez en un espléndido velero y sobre todo en compañía de mi adorada esposa, sí ya estábamos casados, entre comillas en aquel momento. Fue un tiempo maravilloso, la etapa dorada de mi vida. Es ahí donde desarrollé todos aquellos poemas de esa dulce etapa. Y de ella salieron aquellas maravillosas novelas, de las que me siento partícipe, sobre todo aquel primer hijo, sí así llamábamos a nuestros libros, hijos. Momentos inolvidables que quedaron para la eternidad a través de la literatura. La ficción entrelazada con una realidad latente fue el resultado de una obra magnifica y de gran éxito.

—Estás hablando de Aura de Mujer, sí fue un éxito rotundo, y se hizo una película espléndida, con aquel director de cine, ¿cómo se llamaba? —Pregunta el otro yo.

—Qué más da… ya no me acuerdo, porque tampoco quiero vamos. Precisamente quería llegar pronto para ir a aquel bar donde se rodó la escena final. Está gravada en mi memoria, nunca la olvidaré. —Responde el poeta.

—Aquello fue ficción, claro, eso es evidente. —Pregunta el otro yo.

—Sí desde luego una ficción que daba el cierre a una historia y entrada a un nuevo argumento. —Responde el poeta.

—Pues anda, vamos y tomamos un café allí, recordaremos aquello. —Exclama el otro yo.

—Sí vamos, pero lo del café olvídalo, no suelo tomar café y menos aquí, hay cosas mejores. Pasaremos por la taberna literaria, todavía existe, de allí surgió aquel relato de juventud recuerdas "Para pedir hay que dedicar". Mis primeros pinitos en narrativa, han pasado casi cincuenta años desde entonces. Más tarde ella me llevó a la narrativa de verdad, me enamoré de los diálogos y de las descripciones. —El poeta arranca de su memoria viejos recuerdos.

—En realidad ¿te enamoraste locamente de ella? —pregunta el otro yo, conociendo la respuesta.

—Sí es cierto, locamente, así fue. —Responde el poeta, esta vez le brillan los ojos, tal vez un lagrimal a punto de desbordarse, pero no.

—Está bien, pues cuando quieras, vamos para allá. —El otro yo, consciente del tema zanja de inmediato el asunto.

—Ahora mismo, deja que recoja todo esto y vamos. —Responde el poeta. Y señala… —Pasear por estas callejuelas es como estar en otro mundo, ¿no te parece?

—Estamos en otro mundo ¿no? —Pregunta el otro yo.

—Sí, nunca mejor dicho… ja, ja, ja. Mira la Peña Literaria, la taberna, no vamos a entrar, tal vez otro día, sino nos entretendríamos.

—Buenas tardes señores. —Un transeúnte desconocido.

— ¡Adiós, buenas tardes! —El poeta responde al amable saludo.

— ¡Vaya, otra alma del purgatorio! —Exclama el otro yo.

— ¿En qué quedamos, quién está en el purgatorio, ellos o nosotros? —Pregunta el poeta. —Cada vez que paso por esta catedral siento como si fuese el principio de algo… no sé…

—El principio de Europa, tú mismo lo dijiste, la ciudad más antigua del continente europeo. —Asiente el otro yo.

—Sí, es cierto, Gádes. Bueno ya estamos aquí, mira La Terraza, está exactamente igual, pasan los años y sigue todo intacto.

Al llegar al ya famoso bar el antiguo y acreditado local hace honor a su nombre, dispone de una de las terrazas con más glamour de toda la ciudad, teniendo en cuenta que no se encuentra a la orilla del mar, su enclave es una hermosa plaza en el interior de la urbe.

—Gusto en recibirles señores, ¿qué desean tomar? —Una vez más un amable camarero y en esta ocasión se intuye un escenario plagado de sorpresas.
—Para mí… —El poeta mira al camarero y…
—No me lo diga… un fino—Interrumpe graciosamente el camarero andaluz.
— ¡Vaya! ¿Cómo lo sabe? sí, que sean dos. —Exclama el otro yo.

Pero la sorpresa va a ser mucho mayor, como después de tanto tiempo iba a recordar a aquel hombre.

—Ya veo que no me reconoce, no se acuerda usted de mí. Es cierto que ha pasado tiempo. —Indica el camarero.
—Pues si he de ser sincero, no, no le recuerdo.
—Fui actor gracias a usted, bueno actor… figurante en el rodaje de aquella película.
— ¡Hombre! Ahora que lo dice… sí, le recuerdo, ¿y de que hacía? ¿De camarero? —Pregunta el poeta.
—No, no… hice de policía, sí los que perseguían al asesino… camarero es lo que fui en la vida real, pero no en la película.
—Y veo que sigue siéndolo…
—Bueno soy el propietario del bar, y ahora le voy a decir una cosa que le sorprenderá.
—Dígame… dígame… —Exclama el poeta intrigado.
—Recordará que aquel magnifico velero quedó anclado en el puerto mucho tiempo, usted partió hacía su obligación, atender a su esposa. Pues bien, cuando me enteré que lo vendía, yo lo compré, usted me lo vendió, claro no sabía quién era yo, lo hicimos a distancia, ¿recuerda?
— ¡Vaya sorpresa! sí claro que lo recuerdo. Y ¿aún lo tiene?

—Ya lo creo, allí está amarrado en su muelle, el mismo donde usted lo dejó. Por cierto, pasado mañana zarpamos para Estoril, si les apetece, será un honor que nos acompañen, vamos tres marineros y es una es una tripulación escasa para semejante barco. —Una invitación del todo inesperada.

La respuesta no podía ser otra…

—Pues cuente con dos marineros más, claro que sí. Pretendíamos ir hacia el norte, pero no por vía marítima. Con mucho gusto aceptamos acompañarles.

—Hecho, cuento con ustedes. Voy a por los finos. —Responde el camarero, ahora armador, pues es el patrón del espléndido velero.

— ¡Vaya! Nos acabamos de enrolar en un velero, esto cambia nuestro viaje, pero será una aventura inolvidable. —Dice el poeta.

—Bueno, eso espero, ¿quieres decir que no te traerá recuerdos de algo…? digo yo, ese velero fue tú velero, quiero decir vuestro velero. —Sentencia el otro yo.

— ¿Y qué? ahora ya no lo es, y no tengo miedo a los recuerdos, al contrario. —Responde el poeta, con gesto autoritario.

—Está bien, está bien… pues nos haremos a la mar. —El otro yo responde asumiendo su atrevimiento.

—Aquí están los finos, fresquitos, y unos boquerones… para hacer boca. —La interrupción del ahora patrón y camarero a la vez, rompe las amenazantes miradas de un nuevo desencuentro.

—Madre mía… qué boquerones, si parecen tiburones, esto con una salazón es una anchoa del norte, ríete tú de las delicias del Cantábrico. —Señala el poeta ante tan extraordinario manjar.

— ¡Maestro! ahora me ha venido a la mente… nunca vi la sala de aquel cine tan abarrotada como cuando se estrenó aquella película. Fue en acontecimiento en Cádiz, ahora ni hay sala de cine, cerraron… no era sostenible, entonces aún sí.

—El director era "mu malaje", como decimos aquí, muy serio… ¡¡¡Usted aquí!!! ¿No le he dicho que no se mueva hasta que le haga la señal? ¡Pues esté atento! no le aviso más. Tengo su voz grabada en mi memoria. Era extremeño creo. —El patrón, entonces camarero recuerda aquel exclusivo rodaje de la película en el entorno del bar La terraza.

—Sí, sí extremeño, y un buen director de cine. —Responde el poeta.

—Ustedes atentos al guion, yo me daba cuenta, su esposa estaba muy emocionada, lo recuerdo como si fuera ayer. Perdón, les estoy interrumpiendo. —Señaló el prudente tabernero.

—No, no, de ninguna manera, nos apasiona todo eso que nos cuenta, sí, también recordamos, hay cosas que pasan desapercibidas. Mi trabajo consistía en que se ajustase todo a lo previsto, no es tan fácil como parece. —Es la primera ocasión en que se dirige en plural al hablar con ellos.

—Bueno espero que se queden a cenar, están invitados… tengo un cazón adobado que dice… ¡¡¡cómeme!!!

—Encantados, sí nos quedamos ¿verdad? —Pregunta el poeta, sabiendo de sobras la respuesta.

—Sí, sí, cómo no… cuando digo yo que nos van a salir escamas es por algo. —Exclama el otro yo. Y añade…— ¡Oye!, ¿y qué es de tu afición a los canalones, ya no te gustan o qué?

— ¡Hombre! ya sabes que sí, pero no es lugar de eso aquí… ya tendremos ocasión, eso es de nuestra tierra. —Responde sonriente el poeta.

— ¡Ah! y ésta no es nuestra, ¿no es eso? —Pregunta el otro yo.

—Por supuesto que lo es, ¿quién dice que no? —Responde el poeta.

—A ti te quieren aquí ¡eh! lo noto. —Señala el otro yo.

—Nos quieren dirás, no entremos en polémica, siempre nos han querido a todos, tal vez hemos sido nosotros los que nos hallamos distanciado, creyéndonos mejores o diferentes. Si rascamos un poco, todos tenemos raíces en distintos territorios, sino cuando vayamos a Salamanca, ya te diré yo a ti algo. —El poeta argumenta como casi siempre su respuesta.

— ¿A mí? —Pregunta con cara de sorpresa el otro yo.

—Sí, a ti. Te hablo a ti. Ja, ja, ja. ¿Te suena? —Responde el poeta con una carcajada.

—¡¡¡Capitán!!! ¿A qué hora es el embarque? Quiero decir pasado mañana. —Pregunta el poeta.

—Maestro, no me llame capitán, esta vez usted será de nuevo el capitán de ese velero, con mucho gusto estaré a sus órdenes. —El patrón muestra su admiración por el poeta.

—Pero… ¿qué me dice? —Esta vez la sorpresa es mayúscula, va a ser de nuevo el capitán del Aura.

—Y no acepto una negativa, usted será mi capitán. ¿Quién mejor?

Brindar la capitanía de un buque es uno de los mayores honores en términos marinos. Y un capitán no cede ese honor fácilmente a cualquiera.

—Está bien, de acuerdo… me ha emocionado usted, la verdad. ¿Y se puede saber que nos lleva a Estoril? —Pregunta intrigado el poeta.

—Pues verá, allí invertí todo lo que gané en vida, y poseo una mansión donde haremos escala a nuestro destino final. Las islas Cies. —El patrón desvela algo de nuevo inesperado.

— ¿Las islas Cies… ha dicho las islas Cies? —Sensiblemente intrigado y visiblemente emocionado pregunta el poeta.

—Sí maestro, allí, debemos ir a ese lugar. —Asiente el patrón.

— ¿Debemos… qué significa? ahora me ha dejado intrigado.

— ¿Conoce el archipiélago no? —Pregunta el patrón.

—Sí claro en la boca de la ría de Vigo. Estuve allí, pero no entiendo. Unas playas de arenas blancas que recuerdan el Caribe y sin embargo unas aguas que parecen traídas del Ártico, heladas. Ja, ja, ja. —Responde el poeta, que a partir de ahora recibe definitivamente el tratamiento de maestro por parte del patrón.

—Entenderá maestro… entenderá.

—Está bien, eso espero, usted es una caja de sorpresas, la verdad. El ahora maestro y siempre poeta, está más intrigado que nunca.

—Bueno, ahora lo que toca es el cazón, voy a prepararles la mesa.

—Poeta, ¿de qué crees que va todo esto? —Pregunta el otro yo, tan intrigado ante tanto misterio.

—Pues no se decirte, pero entiendo que estamos donde tenemos que estar, algo me dice que es así. —Responde convencido el poeta.

—Está bien, pues ahí seguiremos, pero yo ahora sí que estoy totalmente perdido. No entiendo nada. —Exclama el otro yo.

Se hace difícil saber si uno se encuentra en el lugar adecuado y en el momento oportuno. La vida no ofrece mucho segundas oportunidades. ¿Podrá ser esto una segunda oportunidad de algo? Esa pregunta se la hacen nuestros protagonistas, que quedan totalmente sorprendidos de cómo se están desarrollando los acontecimientos.

—Cambiando de tema, mira en aquellos soportales allí se filmó la escena de la persecución. Lo que más nos llamó la atención fue su forma, arcos románicos redondeados y sin embargo bóvedas góticas. Es lo más destacable de la fusión de estructuras arquitectónicas. Casi nadie aprecia eso en una escena cinematográfica, en cambio el director intenta sacar fruto a su observación. —Explica el poeta.

—Jamás me hubiese fijado en eso, no sé nada de estilos arquitectónicos y menos de fusiones de ese tipo. —Apunta el otro yo.

—Las diferentes culturas y pueblos que han habitado estas tierras han dejado su huella, no hay una sola cultura sino una verdadera coexistencia de muchas que han dejado lo que ahora vemos.

Lo mismo pasa con nosotros, somos una mezcla de diferentes razas y especies, no hay ninguna superior a otra, todas han sido modificadas a través de las interrelaciones. —El poeta sigue explicando.

— ¿Y crees que eso puede modificar las almas, quiero decir… los sentimientos pueden variar con esa interrelación de distintos orígenes? —Pregunta con gran duda el otro yo.

—Ya lo creo, sin duda, las culturas son evolutivas y cambiantes, no sabemos si siempre para bien, eso es el objetivo de los estudiosos en el campo de la antropología. —La respuesta del poeta es concisa y tajante.

—Ahora que mencionas eso… menuda locura cuando te metiste en ese mundo, quién diría que ibas a dedicar dos años a esa disciplina. —Le recuerda el otro yo.

—Fue experimental, tenía interés y tiempo para la investigación, solo fue eso.

—¡¡¡Señores el cazón espera!!! Adelante…y que aproveche.

—Gracias… ahí vamos…

—Estamos disfrutando de una verdadera ruta gastronómica, tenías razón. Mira "razón y cazón" ya tenemos un pareado. ¿Qué te parece?

—Muy gracioso, sí… —Exclama el otro yo.

—Después al volver pasaremos por el muelle cuatro, quiero ver el barco. Pero me da que este hombre lo tiene que tener impecable. —Señala el poeta interesado por volver a ver el que fue su velero.

—Bueno, la verdad exquisito el cazón, ahora nos retiramos, pasado mañana estaremos en el puerto a primera hora. ¿Va bien?

—Excelente, el navío estará listo para zarpar, nosotros iremos antes para las tareas previas. —Responde el patrón.

—Perfecto, pues buenas noches, y reitero, muchas gracias por todo, y hasta entonces. —El poeta agradece la amabilidad y los exclusivos manjares y se despide del patrón.

—Buenas noches capitán… y compañía… —Responde el patrón.

—Vamos compañía…me gusta ese nombre, eres mi compañía no cabe duda, no te separas de mí. —Comenta el poeta.

—Sí, es cierto, ni tú de mí, y a veces no por falta de ganas, no creas. —Bromea el otro yo.

—Mira, me has hecho recordar ahora aquel viejo concepto de la libertad, mejor dicho, el miedo a la libertad. Erich Fromm lo plantea en su obra de ese mismo título.

La libertad comporta una serie de premisas desde el punto de vista psíquico, así lo plantea Fromm, el concepto de sumisión arraiga al individuo en ver la contradicción entre la autoridad y sometimiento a ella como forma de sobrevivir, esto implica un cierto grado de reversión y origina hostilidad y rebeldía. En realidad es una lucha contra la soledad y la angustia vital. Pero no es la única forma de evitarlo, existe la relación espontánea, la que une al individuo con el mundo, es decir, la naturaleza y por supuesto las artes. Cabe destacar la relación con el amor y con la actividad creativa. En definitiva podemos afirmar que la historia del ser humano es como un proceso de creciente individuación y libertad. También es cierto que la propia debilidad del ser humano es la condición de la cultura humana.

¿Qué pretende hacernos ver Fromm con todo este planteamiento? Pues que el sometimiento puede ser caldo de cultivo para generar tiranía.

La verdad es que el tirano nunca es realmente amado ni tampoco ama. La amistad es algo sagrado que se desarrolla entre personas de carácter, crece por mutuo respeto, florece no tanto por amabilidad como por sinceridad. Su garantía es integridad, honor y constancia. No puede haber amistad donde hay crueldad, infidelidad, injusticia, conspiración, miedo. Un tirano y un servil no son amigos, son cómplices.

El exceso de amabilidad con los hijos, la complacencia sin límites los conduce a la tiranía.

Amar es proteger, complacer es sumisión, tan culpable es quien tiraniza como quien se somete al tirano. —El extenso argumento del poeta hace reaccionar al otro yo.

—Entonces he de entender que como ahora vuelves a ser capitán, serás un tirano. ¿No es eso? —Pregunta con intención.

— ¡Por Dios! qué cosas tienes, no has entendido nada. ¿Cuándo he sido yo un tirano? nunca, en todo caso conmigo mismo, eso sí. Pero no entiendes que mi recurso es el amor al prójimo, eso me ha llevado de cabeza toda la vida. La respuesta no es siempre la deseada. —Aclara el poeta.

—Solo era una broma… no te pongas así. Vamos, claro que lo entiendo, a mi manera, pero lo entiendo y además te conozco bien. ¿Quién mejor que yo? —Responde el otro yo con convencimiento.

—Pues a veces no lo parece. —Apunta el poeta, algo confuso.

—Mira ahí está el Aura… mantiene su nombre original, espléndido, majestuoso, y sí, tenías razón está impecable. —Los ojos del poeta se iluminan al ver el hermoso navío.

Es la primera vez que el rostro del poeta se iluminó, y podíamos afirmar que poco ha faltado para que se derramase una lágrima de sus ojos. Ahora la emoción era desbordante, los recuerdos acuden a su mente como un manantial que inunda su sed de ellos.

—Bien, tenemos el día de mañana para hacer los preparativos, repasar las cartas de navegación y pedir el parte meteorológico en a la autoridad portuaria. —El poeta está muy ilusionado con este viaje.

—Pero ha dicho que él hará los preparativos… —Señala el otro yo.

— ¿Y qué?, yo también lo haré. —Responde de manera imperativa el poeta.

—A sus órdenes capitán. —Responde el otro yo.

—Menos choteo y vamos para allá. —Exclama el poeta.

— ¿Conocemos Estoril? —Pregunta el otro yo.

—No, nunca estuvimos allí, solo desde alta mar cuando transitábamos Atlántico arriba y abajo intuíamos que era aquella ciudad en la desembocadura del Tajo. Ciudad cosmopolita, fue residencia de Juan de Borbón en el exilio y lugar donde pasó su infancia el que ha sido rey de España, Juan Carlos. Lugar emblemático por sus mansiones y palacios, y sitio estratégico de defensa marítima. —Argumenta el poeta.

—Pues, hay que ver lo que rinde el bar Terraza, ese hombre tiene una mansión allí además del velero. —Señala el otro yo.

—Y a ti qué más te da… eso no es asunto nuestro, forma parte de la envidia, y la avaricia. —Responde el poeta.

— ¡No, no, si yo no digo nada, al contrario, me alegro por él! Y ahora por nosotros, que vamos de vacaciones a Estoril.

Pero esta noche es una noche especial, diferente, y unas más que atrayentes luces de neón en una callejuela invitan al barboteo del flujo sanguíneo y se destapan los instintos más animales de cualquier ser humano.

—Hermano, mira eso… tal vez una copita nos entone para afrontar todo lo que tenemos por delante. —El poeta pasa de la emoción a euforia, y trata de ahogar sus temores en un lugar donde se apagan muchos fuegos, pero también se pueden ahogar muchas ilusiones.

Al abrir la puerta del estrambótico local, una nube de humo procedente del tabaco y mezclada con un coctel de perfumes que pretenden ser embriagadores, son la inhalación que penetra por sus narices y alcanzan los terminales nerviosos del cerebro que activan esas sensaciones que aspiran a ser placenteras. Las lucecitas rojas, por aquello de la pasión, y un fondo que se intuye negro, son el escenario para activar las lívido al más pintao.

— ¡Vaya! Poeta… esto no estaba en el programa, ya me dirás ¿qué hacemos aquí nosotros? — Exclama extrañado el otro yo.

—Aquí, amigo mío, somos como un toro que sale a la plaza, asustados, vigorosos y plantando cara al peligro que sin duda sabemos que existe. Vamos hacia la barra, tomamos algo y…

— ¿Y qué…? Y nos vamos pero de inmediato. —Apunta el otro yo.

—Venga, no seas así. Hay que abrirse al mundo.

—Pues hala… lánzate, ahí tienes una hermosa gaditana… ¡venga lúcete!

— ¡Voy…voy! Asegura el poeta. —Pero la sorpresa es que parece ser que aquí ni lectura de ojos ni nada que se le parezca. Ni siquiera el camarero ha hecho amago de dirigirse a ellos. Tal vez están ya acostumbrados a que allá donde van hay alguien que los ve, sin embargo, qué difícil es que un ente aspirante de ser algo parecido a lo que entendemos por ser de luz, se encuentre en un lugar donde domina la oscuridad.

Los estadios intermedios no dejan fácilmente sus connotaciones anteriores, la no identificación de una nueva faceta no hace posible desligarse de algo que estuvo formado parte de un individuo, y por derivación de su esencia.

—Ja, ja, ja. Déjame que me ría poeta… perdona, no es mi intención molestarte, de verdad, pero es que ver tu cara de asombro al detectar que nadie te ve, ha sido de traca.

—Eres muy simpático hermano, muy simpático, pero no me hace ninguna gracia. —Replica el poeta con gesto de desacuerdo.

La sensación de estar en un lugar donde no se pinta nada es tremendamente represiva o incluso coercitiva. Pero todavía es peor cuando no eres nadie, ni nada, no existes.

Es la primera vez que nuestros protagonistas se enfrentan a esta situación, hasta ahora la suerte o la providencia había estado a su favor, en todos los lugares había quien les veía y les atendían de inmediato. Ahora no era igual, su paso por el esperpéntico lugar había pasado desapercibido, como si no hubiese sucedido nunca.

— ¡Anda poeta! Vámonos, que lo nuestro son los mares y no los pantanos. Ja, ja, ja. No te lo tomes mal, es totalmente cariñosa mi risa, pero es que te he visto unas ganas de desplegar tus armas de lector de ojos que… ja, ja, ja.

Cabría señalar si realmente el sentimiento del amor puede bloquear determinados circuitos cerebrales, pues la existencia de lugares de los llamados "de lucecitas", o "love for money", se entiende que son necesarios. No me gusta usar anglicismos, pero en ocasiones se hace necesario para desvincular una idea de nuestra lengua.

Y no digamos cuando se trata de entes de confusa definición, pero seguramente alejada de lo que entendemos por deseos carnales.

—Ahora en serio poeta… ¿Qué has sentido al entrar en aquel sitio y ver todas aquellas mujeres, digamos en predisposición a…?

—Querido yo, te voy a contestar con seriedad también, ni esperaba encontrar nada, pues nada buscaba, ni he sentido nada, pues era una atmosfera totalmente ausente de sentimientos. Y créeme si te digo que los sentimientos de aquellas personas existen, pero allí están enmascarados, falseados, es como un servicio prestado y un pago por ese servicio. Y no creas que soy un puritano, no, no, pero cuando se está enamorado, el amor es un repelente, sí, como esos líquidos encerrados a presión en un recipiente que pueden lanzarse al exterior esparcido en partículas, lo que conocemos como un aerosol.

—Magnífico poeta, ahora sí que te entiendo. Te parecerá raro, pero en esto estamos de acuerdo.
Podríamos hablar de equilibrio aquí, porque cuando tu propio yo está de acuerdo contigo… y es que demasiadas personas gastan su tiempo, es decir su vida, en hacer cosas que no les llenan, en llamar la atención y satisfacer a personas que no les aportan ni verdaderamente les importan. Nada les proporciona un gran placer y la única solución que encuentran es encadenar múltiples y veloces placeres, plenamente sustituibles. Supeditados a agendas y protocolos sociales, guiados por distintos horarios, caemos sin darnos cuenta en la rutina de un día a día que nos enajena y absorbe los pocos momentos de reencuentro que podemos tener con nosotros mismos. En muchas ocasiones, en nuestro fuero interno, sabemos que estamos huyendo, que hay una incoherencia de fondo, y que habría que dar una respuesta desde uno mismo, pero esto no se hace, a veces por desconocimiento y otras por miedo a tener que tomar decisiones que se nos antojan difíciles y que suponen la posibilidad de equivocarnos. Buscamos aprobación y soluciones externas cuando tenemos que encontrarlas dentro de nosotros mismos.

Si sumamos nuestro estresante ritmo de vida y la actual crisis de valores que estamos viviendo, detectamos que se están perdiendo las conexiones con nuestro "yo" más íntimo. Quizá, ha llegado el momento de pensar porque haces esto o aquello, quizá ha llegado el momento de despertar a la vida, de darle verdadero significado, de jugar a ganar y no a no perder, de encontrarse realmente con uno mismo.

Encontrarse con uno mismo requiere de espacio para uno mismo, debes concederte el espacio y el tiempo que necesitas, debes conectar con tu grandeza, debes aceptar tus miedos, comprometerte con el cambio y dar gracias por tu vida. Encontrarse con uno mismo significa, aceptarse plenamente, ponerse en valor, tener confianza, conectar con nuestro propósito vital, y tener la conciencia de estar en el camino. Una persona que se ha encontrado consigo mismo es una persona satisfecha, es pura energía, equilibrio, serenidad, alegría, positivismo, etc… actitudes que se proyectan en todas las esferas de la vida.

No olvidemos que el secreto de encontrarse con uno mismo está en seguir los sueños, escuchar los deseos de tu corazón y despertar para ser aquello a lo que estas destinado a ser. No triunfes en lo que no quieras hacer, no vendas tu vida, permítete escucharte, préstate tiempo, amplia tu visión de la vida, revisa cuáles son tus criterios de éxito, establece tu plan de vida e identifica tus valores. Busca ese punto común en el que hagas algo que te apasione, tengas capacidades, aportes valor y estarás en el camino. La vida es mucho más placentera y te recompensa más cuando es jugada "con todo", en vez de con la mitad del corazón.

Si no lo haces así, no importa cuánto dinero ganes, cuanta gente te quiera, lo inteligente que seas, los títulos que tengas, ni siquiera lo que hayas conseguido a lo largo de tu vida, no te sentirás completo. Cuando te encuentres contigo mismo y consigas ser quien verdaderamente eres, no encontrarás tu felicidad, tú serás la felicidad.

—Una reflexión muy profunda poeta, muy profunda. ¿Qué pasa, no puedes dormir?

—Sí, sí, no te preocupes, el sueño siempre vence. Pero ahora recuerdo una palabra que no era de agrado de alguien… y menos al referirse a según qué.

— ¿Y qué palabra es poeta?

—Supermercado.

— ¿Supermercado… y por qué?

—Pues porque el prefijo "super" significa que algo sobresale entre otros de su misma clase por ser muy bueno, estupendo magnifico. Y no digamos ya "híper" que denota superioridad o exceso. Sin duda son prefijos no adecuados para definir actividades que no sean puramente para la comercialización de productos alimenticios o de otra índole, pero nunca para otro tipo de servicios.

La noche es la cuna de los sueños y también de los recuerdos, el poeta no va a poder dormir embargado por la emoción. Recuerda escritos de antaño como si los hubiese escrito ayer mismo. La imagen del Aura, ese grandioso velero de sus pasiones despiertan textos inolvidables.

<Disperso, incoherente, discontinuo como las frágiles olas del mar, que empujadas por el viento no saben a dónde van. Allí o allá, qué más da si es contigo amor. De acá para allá, que importa si estás conmigo querida.

Arriba o abajo, acaso nos asusta eso, si recibiendo un beso de tus labios yo ya no tengo miedo a nada.

En la cumbre o en valle, o en mitad de la calle, paloma de mi libertad, solo tú eres consuelo de mis males y mis sufrimientos.

Y yo quiero ser de los tuyos, que cuando lloras, yo lloro, y cuando ríes, yo rio. Pues nada existe para mí si tú no estás.

Mi trono es de oro y marfil, y mi espada de acero templado, para salvaguardar nuestro amor.

Lejos muy lejos... en lo alto de esa montaña que no nos deja ver el futuro, está un edén esperando a mi princesa, y mi caballo tritón, dispuesto a trotar con ella hasta remontar la cima. Pasado, presente y futuro se funden en un solo acto, para firmar ese pacto de unión eterna, sempiterna. No hay fin.>

Y algún poema de los miles que escribió a su amada, pues siempre estuvo y estará en su corazón. Él se lo prometió, incluso después de la muerte. Noches en vela, y esta podía ser sin duda una de ellas.

La noche es mi enemiga
ya no puedo descansar,
y que dura es esta miga
de un pan duro que tragar.

No hay mañanas en mi mar,
ni amaneceres, mi amiga
es la soledad de solo soñar
y ella es quien me abriga...

En estas noches en vela,
en estos días que no son
más lo que mi alma anhela...

Sentir de noche y de día
que estás en mi corazón,
tú, amor y esperanza mía.

Pero el sueño acaba ganado la partida, y finalmente el poeta se rinde ante él. Un impase y…

—Bueno, despierta muchacho, que te duermes como un niño pequeño. Ayer caíste rendido como un tronco nada más llegar al hotel. —Exclama el poeta convertido en capitán.

—Buenos días estaría mejor… digo yo —Responde el otro yo.

—Buenos días, mira hay un asunto que me preocupa, el tema de la Cies, no entiendo que tengamos que acercarnos al archipiélago, de hecho he estado estudiando los mapas marítimos y no podemos recalar allí. Tendremos que fondear alejados del lugar podríamos embarrancar, la quilla del velero es profunda.

Habrá que alcanzar la costa con un bote si queremos acceder a la isla mayor, las otras están deshabitadas. —Toda la noche estuvo el poeta pensando en la inesperada travesía.

—Bueno, se supone que él lo tendrá previsto —Responde el otro yo.

—La suposición, amigo mío, siempre conlleva incerteza, tenlo en cuenta. —Aclara el poeta.

— ¡Madre mía! qué hombre este, siempre divagando… —Piensa el otro yo.

—Bueno, en este hotel se desayuna, supongo… otra vez, ahora me dirá lo mismo, incerteza. Pregunta.

—Pues claro hombre, y ponen unos croissants buenísimos, no de esos de mantequilla no, sequitos de panadería y con los cuernecitos tostados. ¿A quién me recuerda esto? —Acuden a la mente del poeta antiguos escritos de su queridísima esposa.

—Vamos al puerto en cuanto desayunemos, quiero hacer unas comprobaciones. —Comenta el poeta.

—Está bien, a la orden… vamos, vamos… yo ya estoy.

—Pues adelante. —El ímpetu invade al poeta.

—Mira, están a bordo, será la tripulación, vamos a ver…

—¡¡¡Buenos días!!! Permiso para subir a bordo…

—Adelante capitán, ya nos dijo el patrón que vendría.

— ¿Ah sí? —Responde el poeta, y ahora capitán por deseo expreso del atento patrón.

—Sí señor, nos aseguró que vendría y que le recibiéramos, él no tardará, hemos repostado combustible y ahora estamos preparando la hoja de ruta de navegación. —Señala un miembro de la tripulación.

— ¡Vaya! parece que no tenía dudas. Perfecto, muy bien…

—Permita que me presente, soy el contramaestre y también me encargo del radar y el sonar. Y aquí mi primo… es marinero y se encarga de la cocina, bueno lo poco que podemos hacer aquí, ya sabe. Y aquel otro es el maquinista, pero todos hacemos de todo aquí. —Una breve pero concisa presentación por parte del que parece el marinero más veterano. Este velero en su día navegó con dos tripulantes, se lo aseguro, esto es…

—Sí, esto es un lujo con tanto personal. ¿Puedo ver esa hoja de navegación?

—Por supuesto capitán, ahí está. Ahora la llevaremos al registro de la autoridad portuaria y nos darán el parte meteorológico para mañana. Así podremos zarpar cuando queramos.

—Maravilloso, todo en orden pues… —Asiente el poeta.

—Es un honor para nosotros navegar con usted capitán, el jefe nos ha hablado mucho de… bueno de su historia. —Comenta el contramaestre.

— ¡Vaya! no creí que le importase tanto, es sorprendente.

—El jefe siempre nos dijo que un día aparecería usted, tiene premoniciones, y se cumplen… está usted aquí.

El poeta ahora de nuevo a bordo de su velero está emocionado, y la intriga es cada vez mayor, este viaje no es casual, intuye. Pero ahora se dirige al espléndido timón de madera tallada,

impecablemente barnizado y lo acaricia como hizo tantas veces,
solo falta su amor, físicamente claro, porque en su alma está
siempre.

— ¿Premoniciones? eso es interesante, ya hablaré con él de esos
temas. —Exclama el poeta perplejo.
—Sí, pero no le diga que se lo he dicho, dirá que soy un
metomentodo, lo conozco. —Señala el marinero.
—Descuida muchacho, no lo haré, puedes estar tranquilo, será
nuestro secreto.
—Vaya capitán, ganándote a la tripulación… a espaldas del
armador del buque eh… —Exclama el otro yo con ese tono suyo
característico de sarcasmo.
—Calla insensato, contigo sí que me tengo que armar, pero de
paciencia para escuchar tus tonterías. —Responde el poeta.
—Ahí viene el jefe capitán… cuidado.
—¡¡¡Capitán!!!... menos mal que les encuentro… zarpamos de
inmediato, tengo la autorización y debemos hacernos a la mar
hoy.
—Esperad un momento, nuestros equipajes están preparados,
pero en el hotel. —Señala el poeta.
—Tranquilos… Muchacho, acércate al hotel y recoge los
equipajes de los señores y de paso, el parte del tiempo en la
entrada del puerto. En media hora te quiero aquí, soltamos
amarras ¿de acuerdo? —Ordena el patrón.
—A la orden jefe, voy…
—Pero ¿a qué viene tanta prisa? —Pregunta el poeta.
—Es largo de explicar, lo haré durante la travesía, confíe en mí
maestro. —Responde el patrón.
—Por supuesto, confío plenamente, de acuerdo… vamos…
máquina en marcha, maquinista atento a la presión de engrase, en

media hora soltamos amarras. ¿Hay que avisar al práctico del puerto? —Pregunta el poeta.

—Sí capitán, está en camino ya. Necesitamos el remolcador para separarnos del muelle, solo unos metros y después ya nosotros.

—De acuerdo. Adelante. ¡¡¡Contramaestre!!!, prepara las defensas de mano, por si hay oscilación cuando nos desplace el remolcador —El poeta se siente por primera vez capitán del Aura de nuevo.

—Aún se acuerda ¡eh!, madre mía, que cosas, que ilusión navegar con usted. —Exclama el patrón.

—Lo mismo le digo patrón. —Responde el ahora capitán.

—Pero bueno, este chico está tardando, no habrá ido a despedirse de la novia espero. Esta juventud, ya se sabe.

—Déjelo, así es el amor, no entiende de prisas, ni de travesías, ni nada más. —Apunta el poeta.

—Ahí llega, justo a tiempo… vamos, vamos chico, que te quedas en tierra.

—Jefe, he ido lo más rápido que he podido. —Responde el muchacho.

—Vale, vale, está bien. Tenemos el remolcador a nuestro costado capitán. —Señala el contramaestre.

—Bien, lánzale una estacha, por popa. ¿De acuerdo?

—¡¡¡Buenos días!!! Aquí el práctico, aquí, aquí… a bordo del remolcador… lancen la estacha por popa y coloquen las defensas de mano. —La respuesta por megafonía le recuerda al poeta otros tiempos pasados.

—Aquí el capitán, buenos días… Todo en orden, ahí va la estacha, adelante. Soltamos amarra de popa. —Responde con emoción el poeta, e inicia las órdenes oportunas a su tripulación.

—¡¡¡Vamos, vamos chicos!!! La estacha a la máquina y recoger, poco a poco, no quiero sorpresas. Está bien, capitán, mande soltar ya amarra de proa, y adelante todo suyo. —Grita el práctico desde el remolcador.

—¡¡¡Suelta la amarra de proa… nos vamos!!! —Ordena el poeta.

—Buena travesía capitán… y patrón, que sé que estás ahí. Buen viaje. —El práctico saluda y se despide.

—¡¡¡Gracias Manolito!!! sabía que eras tú. Es un amigo, ¿sabe?

—Y muy buen práctico, lo he notado enseguida, debe tener experiencia. —Comenta el poeta.

—Ya lo creo, se ha criado entre barcos este hombre. Su padre fue patrón de un buque mercante. Buena gente.

—Sin duda, bueno… a la salida de la bocana, preparados para desplegar velas. Foque al trinquete y mayor a favor de viento… contramaestre. Paramos máquinas. Ahora el viento es nuestro motor. —La última orden antes de salir a mar abierto.

—A la orden capitán… —Responde el contramaestre.

—Madre mía de mi vida, lo que te gusta esto… es que lo vives de verdad ¡eh! —Exclama el otro yo, pasmado por los acontecimientos.

—Lo mío es el mar hermano, ¿qué no lo sabes de siempre?

—Sí claro que lo sé… se nota. —Asiente el otro yo.

—Timonel… quince grados a estribor, hacía el oeste. Velas a favor de viento, contramaestre.

—A la orden capitán.

—Bueno, ya estamos en ruta… hacía el Alentejo portugués. Allí tomaremos rumbo norte, noreste hacía nuestro destino, Estoril. Dejamos atrás nuestra querida Tacita de Plata. Cuántos recuerdos y cuántas alegrías y alguna pena también. —Comenta el poeta.

El espléndido velero surca los mares como un delfín, elegante y majestuoso. El tiempo acompaña, un día ideal para la navegación y una brisa que empuja lo suficiente para afrontar la travesía.

— ¡Patrón! ahora sí podemos hablar tranquilamente, aquí, donde solo nos escucha el mar, bueno y éste, que siempre va conmigo, pero es de confianza… ja, ja, ja. —Una carcajada cierra el comentario.

— ¿A qué se debía tanta premura en zarpar anticipadamente y sin preaviso? —El poeta está muy intrigado, quiere saber algo más del asunto.

—Pues como le dije antes de la salida, es largo, pero sí, ahora tenemos tiempo. Verá, le parecerá una tontería, pero yo tengo sueños, mejor dicho visiones, o mejor… premoniciones. ¿Entiende? —El patrón se sincera con el poeta.

—Sí claro, entiendo, soy psíquico. No tenga ningún reparo, puede contarme. —Responde el poeta.

— ¡Ah! pues eso no lo sabía, ¿Psíquico? y ¿en qué consiste?

—Pues consiste sencillamente, en que utilizo parte del cerebro que para otros es incontrolable o desconocida. —Aclara el poeta.

—O sea, que ve cosas, ¿no? —Pregunta el patrón.

—Más que ver, percibo, no soy muy visionario, no. Leo, leo ojos, analizo comportamientos, palabras, significados. En fin, un calvario en realidad. No todo es bueno y saludable. —El poeta vuelve a aclarar conceptos.

—Bien, en ese caso ha llegado la hora de que le diga el verdadero motivo de nuestro viaje. Primero haremos escala en mi casa de Estoril, pasaremos allí un par de días de relax, de sosiego. Después iremos al archipiélago de las islas Cies. No es un capricho se lo aseguro capitán, debemos ir allí. Alguien nos espera, especialmente a usted. De momento es todo, ya le iré explicando. —Con ese argumento, todavía se acentúa más la intriga del poeta.

———————————

CAPÍTULO 5

La travesía hacia el norte

La travesía se desarrolla tal como estaba prevista, la integración entre los tripulantes ha sido inmediata y la empatía entre ellos es lo que domina una atmosfera de colaboración entre ellos en un proyecto que se imagina ambicioso.

—¡¡¡Timonel!!! Mantén el rumbo, contramaestre… soltamos la mayor a buscar el centro vélico. Patrón un velero bien orientado en sus velas es un avión, la técnica de sustentación se basa en lo mismo. —Comenta el poeta con una gran sonrisa.
—Capitán, dejemos a los muchachos, ellos nos llevarán hasta destino. ¡¡¡Atentos a la navegación!!! Volveremos a cubierta para el atraque. Vamos capitán… tenemos que hablar.
—Pues usted dirá…patrón.
—Iba a esperar a estar tranquilos en mi casa para esto, pero quisiera saber su opinión sobre alguna cosa.
Verá… en el año 1997 Juan Reyes, tinerfeño de origen, piloto comercial con más de 40 años de experiencia y 26.600 horas de vuelo a sus espaldas. Por es que eso su testimonio merece credibilidad. Escribió un informe a Air Europa, su aerolínea, en el que describió un objeto no identificado realmente extraño. A fecha de hoy esto no ha sido liberado, el informe está detenido. Sucedió así:

Eran las 4.14 de la madrugada del 12 de marzo de 1997. Juan Reyes pilotaba el vuelo AEA 118 de Air Europa entre Nueva York y Madrid. Se trataba de un Boeing 757-200. A Reyes le avisó su copiloto, Tomeu Salvá, muy nervioso. "¡Mira aquí delante!". No era otro avión, tampoco tierra. Lo que vieron fue una megaestructura de forma circular con dos luces muy fuertes en el centro. No se apreciaba bien si estaba bajo el agua del océano o sobre ella. La estructura presentaba dos focos que lo alumbraban todo con una luz blanca, y se percibía una especie de nube alrededor.

Estaban a 39.000 pies (11.800 metros) sobre el mar y a 50 millas (92 kilómetros) al oeste de Vigo. Esa estructura circular gigante le recordó al piloto canario a la imagen aérea de la isla de Gran Canaria, que tiene una superficie 1.560 kilómetros cuadrados, es decir, como un cuadrado de 40 kilómetros de lado. O lo que es lo mismo, un tercio de la provincia de Pontevedra. Un objeto descomunal que no aparecía en el radar. "Nunca había visto nada igual", resumió el comandante. "Las azafatas también lo vieron, el pasaje dormía y todo el mundo se quedó pasmado".

Juan Reyes, totalmente incrédulo, se comunicó con el Centro de Control de Tráfico Aéreo de Madrid para recibir alguna explicación sobre el caso. La respuesta que recibió confirmaba el enigma: no había ningún operativo marítimo en la zona.

Llamaron al vuelo de Iberia 6010, un DC10 que viajaba de Montreal a Madrid por la misma ruta, y que pasaría por el mismo lugar unos 10 minutos después. El comandante de Iberia dice que ha escuchado lo que dice su colega y se ofrece a hacer una pasada de 360° encima de la estructura. Siempre según el relato de Juan Reyes, el comandante de Iberia llama por radio a las 4.30 y dice que "toda la información que ha dado el vuelo 118 es 100% correcta". ¿Qué me dice sobre el tema… conocía el caso? —Pregunta curioso el patrón.

— ¡¡¡Caramba!!!... ¿así que era eso…? sí, lo conocía, sí. Pero ¿a qué viene eso, qué tiene que ver conmigo? —El poeta está sorprendido, pero aún va a sorprenderse más…

— ¿No iba usted en ese vuelo procedente de Nueva York capitán? —Pregunta el patrón.

— ¿Cómo sabe eso…? casi nadie lo sabe. —Señala el poeta.

—Sé más cosas maestro, más cosas…

—Me acaba de cambiar el tratamiento… me ha llamado maestro, ¿a qué viene? —Pregunta el poeta.

—Eso se lo explicaré en casa, es más complejo aún. —El patrón responde, añadiendo una dosis más de intriga.

—Bueno, le diré mi opinión, ya que me la ha pedido. Aquella nave era totalmente real, las dimensiones no sé si son las que señaló el piloto tinerfeño, pero realmente era enorme. Y la luz no era una luz de cualquier nave conocida, ni aérea ni marítima, era un haz luminoso intensísimo y a la vez tenue. Es cierto que desde la altura no se apreciaba si estaba sumergido o en la superficie. La nebulosa que lo rodeaba no dejaba apreciar eso.

Los avistamientos son muy habituales, alguien se pregunta por qué tanto secretismo en estos asuntos, pero está claro que no es asimilable para todo el mundo, y las estructuras sociales recibirían un golpe traumático de transcendencia imprevisible. —El poeta empieza a descifrar por donde va el asunto y con esta nueva aclaración pone de manifiesto que es conocedor del tema. Y sí, reconoce que iba en ese vuelo.

—Bueno, y tú que has de decir a todo esto… Te hablo a ti… ¿O no estabas ahí, como yo? —Pregunta dirigiéndose a su otro yo.

—Yo de esas cosas no opino, soy la parte sensata y cabal aquí. Prefiero solo escuchar. —El otro yo quiere quedar al margen, si bien no cabe duda que está interesado en esos asuntos, que para él dice ser que son pura ficción

— ¿Nos estás llamando locos… alucinados? La realidad, es que viste lo mismo que yo. —Señala el poeta con rasgo de un cierto enfado.

—Bueno, por el momento lo dejamos ahí, seguiremos en casa, es mejor maestro. —El patrón pone fin al posible desvarío.

—Sí mejor allí, ahora disfrutemos de la navegación y del esplendor de estas vistas. Tiempo habrá de analizar todo eso, y espero entender la verdadera razón de esta aventura. —El poeta, consciente de un posible desencuentro con su otro yo, es decir, consigo mismo, aplaza el tema para una mejor ocasión.

—Te has fijado poeta, ahora te llama maestro, ni capitán ni nada, maestro, ¿a qué vendrá esto? —Pregunta el otro yo.

—Intuyo que algo especial se esconde detrás de todo esto, pero no quiero anticiparme a los acontecimientos, ya se verá. Observa, hacía mucho tiempo que no contemplaba el color de estas aguas, a diferencia del Mediterráneo, tienen un azul plomizo, y está despejado, no es efecto de un nublado, son siempre así. Es el azul oceánico diría yo. —El poeta desvía la atención, sin embargo no va a cesar en tener en mente el misterioso asunto.

— ¿Crees que se debe a la profundidad? —El otro yo aprovecha para hacer un paréntesis en el tema.

—Pues tal vez sea eso, sí, es probable. Es más que probable la costa acantilada indica profundidad, sin duda. La línea del horizonte está como más destacada, definida, el cambio de azules es muy distinto.

—También dijiste algo de eso cuando estuvimos en la Costa Brava, con respecto al color de las aguas. Y es el mismo mar.

—Sí, precisamente es por el mismo motivo, los acantilados mediterráneos también son señal de aguas profundas. En cambio en la zona levantina las aguas tienen un azul diferente, más tenue. En fin, son matices que dejan imágenes en nuestras retinas que siempre van con nosotros allá donde vayamos. Fíjate en las aguas del Caribe, verdes y una transparencia increíble, sin duda por la poca profundidad, y es el mismo océano. —Sin duda la charla sobre los distintos tonos y colores del mar abren ese paréntesis deseado y tal vez necesario.

—¡¡¡Capitán!!! Nos aproximamos al punto de destino, usted dirá… —Grita el contramaestre.

—Sí, mantén el rumbo. ¡¡¡Tensad la mayor!!!... vamos a aminorar la velocidad, ¡¡¡Los foques!!! A contra viento, eso ayudará. Vamos a solicitar punto de atraque. ¿Alguien domina el portugués? Ja, ja, ja. —El poeta está verdaderamente metido en su papel de capitán, el mar es su otra pasión.

—No se preocupe capitán, ellos hablan perfectamente nuestro idioma, y conocen este navío. No hay problema. —Señala el patrón con un gesto de orgullo.

—Pues adelante… ¡¡¡Quince grados a estribor timonel, rumbo este!!! ¡¡¡Atentos para arriar las velas!!!

—¡¡¡A la orden…!!!

—¡¡¡Timonel!!! Caña a la vía… estamos en posición.

—¡¡¡Oído… caña a la vía!!!

— ¡Maquinista! Preparados para arrancar motores. Que no nos desvíe la corriente.

—Motores preparados capitán. —Las maniobras de acercamiento son la salsa que acompaña esa pasión por la navegación.

— ¡Capitán! No entramos en el puerto comercial, no, no, tengo punto de atraque en mi propia casa. —Exclama el patrón.

— ¿Pero qué me dice…? eso es un lujo. ¡Madre mía! es usted una caja de sorpresas patrón. —Puntualiza sorprendido una vez más el poeta.

—Sí, ellos saben… Permítame… ¡¡¡Atención!!! Máquina en avante poca, caña a babor, la corriente nos acerca al muelle. Como siempre muchachos. —El patrón indica a su tripulación los pormenores.

—¡¡¡A la orden patrón!!!

—Ya estamos en casa, no se preocupe capitán. Todo controlado.

— ¿Entonces, accedemos directamente, no es eso? Pero es un palacete, por lo que veo. Patrón, no es por nada, pero muchos finos y mucho pescaíto ha tenido usted que vender para esto.

—Ja, ja, ja… No, no, está claro que no es posible eso. Está bien se lo voy a contar, no quiero que piense algo raro. Hace años me sonrió la suerte, en la lotería primitiva, es por eso probablemente que no he tenido suerte en el amor, nunca me casé. —Aclara el bueno del patrón.

— ¡Vaya, vaya! Ya decía yo, pues ya le digo que es usted una caja de sorpresas, enhorabuena. Por ambas cosas, por la lotería y por lo otro, casarse no es sinónimo siempre de amor, ya se lo aseguro.

—¡¡¡Vamos muchachos!!! Máquina en paro, lanzad los cabos al muelle, defensas de mano preparadas. Nunca se sabe, un golpe de mar y… en una ocasión nos pasó, un golpe tremendo en la popa. La reparación del casco costó un dineral, cobran lo que quieren con estos materiales modernos, la fibra y eso. —Sigue la maniobra ya a pocos metros del muelle.

—Sí, hay que tener cuidado, con los golpes de mar y con los golpes de las facturas. Ja, ja, ja. —Comenta el poeta.

—En efecto. ¡Vale! encapillar las gazas y tensar amarras, estamos en casa. —Con esta última orden, se da por finalizada la maniobra, el Aura queda atracado al particular muelle, nunca mejor dicho lo de particular.

El portentoso palacete asomado al acantilado quita el sentido, una edificación del siglo XIX, con aires coloniales. Impresionante mansión que más bien podríamos denominar un paraíso frente al mar.

—Vamos maestro, adelante… los chicos bajarán los equipajes.

—Una travesía de lujo patrón. Ha sido increíble. —Comenta el poeta con cara de satisfacción y de felicidad manifiesta.

—En las islas será otra cosa, allí lo tendremos más complicado, pero estamos preparados.

—Adelante, pasen, están ustedes en su casa… —El patrón ofrece su casa a los que considera invitados de honor.

Una servidumbre espera en formación casi militar, como para pasar revista. La escena es como aquellas de película de épocas pasadas. Sin embargo, la amabilidad y la cortesía eran las propias de un personal moderno y altamente cualificado.

— ¡Madre de Dios bendito! ¡Menuda mansión, pero si tiene servicio y todo! Buenas tardes, aquí venimos a dar faena. —El poeta, saluda cordialmente a los sirvientes.

—Es un honor para nosotros señor. A su servicio. Subiremos los equipajes a los aposentos. Patrón, serviremos la cena a las ocho como de costumbre. —Señala la que parece ser el ama de llaves.

—Perfecto, de acuerdo, gracias Lucía. Es una chica estupenda, ella y su esposo mantienen todo en orden durante mis largas ausencias.

— ¡Impresionante patrón! Realmente impresionante.

—Una pregunta patrón... ¿Pero nos ven a nosotros? Ja, ja, ja.

—La duda siempre está ahí, y la pregunta también.

—Por supuesto maestro, aquí somos todos lo mismo, no se preocupe usted.

— ¡Ah! Bien, bien. —Responde el poeta más convencido.

—Mañana visitaremos la ciudad, ¿les apetece?

—Por supuesto, no la conocemos, será una maravilla. —Pero no es tanto así, el poeta tiene datos de esta ciudad. Y se lanza en una singular descripción.

—La ciudad de Estoril es apenas una población con fama de elegante y aristocrática, con su imponente Casino como gran ventana al mundo. No obstante, es la puerta de la gran región de turismo del oeste de Lisboa.

La localidad de Estoril es bastante pequeña y pertenece al ayuntamiento de Cascais. Está situada en la orilla de Océano Atlántico, a unos kilómetros de la desembocadura del río Tajo.

Sin embargo, pese a su reducido tamaño, la ciudad da nombre a toda la llamada Costa de Estoril, que se extiende desde la desembocadura del Tajo, en Lisboa, hasta unos kilómetros más al norte.

Cualquier ruta turística en Estoril tiene un punto central clarísimo en su famoso Casino de Estoril. Está situado cerca de la costa, en la principal plaza de la ciudad y tiene frente a él un jardín que le separa de la carretera Marginal, la línea del tren y la Costa. Por las noches, destaca sobre todo el entorno por su fachada iluminada.

Fue construido en la segunda década del siglo XX y se convirtió en uno de los mayores casinos de Europa por tamaño. A su alrededor se construyó una leyenda de espionaje, conspiraciones e intrigas políticas durante la II Guerra Mundial, ya que dado el estatus neutral de Portugal en la contienda, allí se reunían espías y reyes y políticos exiliados de sus respectivos países. Se dice que en él se inspiró Ian Flemming, creador del personaje de James Bond para escribir su novela Casino Royale.

En Estoril encontraremos además la famosa playa de Tamariz, justo enfrente del Casino y a los pies del Chalet Barros (ese edificio que siempre sale en las fotos de Estoril y que parece un castillo medieval). Esta es la playa más conocida de Estoril y por tanto la más frecuentada, aunque es bastante tranquila. Tiene muchos bares y chiringuitos donde tomar algo en un buen ambiente con vistas al Atlántico.

Cascais es una pintoresca población pesquera que ofrece una mezcla deliciosa de imponente arquitectura decimonónica y herencia tradicional portuguesa. Históricamente, Cascais era un importante pueblo pesquero que durante el siglo XIX encontró el favor de la nobleza y la aristocracia portuguesas, que construyeron allí lujosas villas y residencias salpicando las moradas más tradicionales.

Estoril es la población costera por excelencia de la costa de Lisboa, y resulta ideal para aquellos turistas que estén buscando un destino agradable y variado para pasar unas vacaciones.

En la región de Estoril pueden encontrarse poblaciones históricas, desafiantes rutas de ciclismo, senderismo y escalada, campos de golf de nivel profesional y por supuesto, la bulliciosa vida nocturna de Lisboa. Estoril, todo ello diseñado para los turistas que estén planeando pasar unas vacaciones en esta maravillosa ciudad.

Hoy en día, Cascais es una ciudad muy agradable de explorar, con un entretenido centro histórico, parques cuidadosamente mantenidos y una serie de interesantes museos gratuitos. Cascais puede ser considerada como una extensión de Estoril, ya que se encuentra a sólo 3km y el recorrido va siguiendo el panorámico paseo marítimo. Para acceder a una guía sobre Cascais.

Paraíso de surfistas. La Praia do Guincho está considerado uno de los mejores lugares para hacer surf de la costa de Lisboa, una experiencia mejorada por el dramático fondo que ofrece el Parque Natural de la Serra de Sintra.

El violento oleaje que azota la playa procede del Océano Atlántico y es ideal para surfistas, body-boarders y nadadores experimentados, y en la playa se puede alquilar equipo para hacer surf o contratar lecciones. La playa de Guincho se encuentra a sólo 10 minutos en coche desde Estoril, pero lo despoblado de la zona quiere decir que el transporte público es muy limitado.

— ¡Vaya!, pues para no conocerla, sabe usted más cosa que yo.

—Paraíso de surfistas y de cualquiera. ¡Qué maravilla! —Comenta el otro yo.

—Mañana visitaremos todo eso, iremos todos, acabo de estrenar un Mercedes familiar, cuarenta mil euros del ala, pero más barato que en España, a algunos les puede chinchar esto, pero es así.

— Patrón... patrón, que nos ha salido un poco capitalista, pero bueno, hay que disfrutar de la riqueza cuando se posee, que narices. —Responde el poeta.

—La cena está lista, pueden pasar señores…

—Estupendo, gracias Lucía. Vamos muchachos, a cenar, os lo tenéis ganado, ha sido una navegación perfecta.

Maestro… usted aquí, presida la mesa.

—Patrón, no sé yo si debo…

—Vamos, vamos… aquí, es una orden y un honor a la vez, se lo aseguro. —El patrón se desvive por rendir honores a unos invitados muy especiales para él.

—Está bien, cumpliré las órdenes. —Responde y acata la orden el poeta.

—Me he permitido pedirle a Lucía que nos preparara un bacalao, como saben es lo más típico de Portugal, lo hacen de mil maneras y todas ellas exquisitas. ¿Les gusta el bacalao, supongo?

—Desde luego, ya lo creo, un bocado espléndido. Gracias.

—Pues adelante con él. Que aproveche. El vino como comprenderán es de Oporto, pero en su versión seca, para la ocasión. —El patrón es un enamorado de este país y de sus especialidades gastronómicas.

—Es curioso, el país vecino, con estas maravillas y en cambio algunos viajan al fin del mundo para ver no sé qué. Y lo tenemos a tiro de piedra. Me encanta este país. —Comenta el poeta.

—Sí maestro, realmente enamora.

— ¡Vaya patrón! ha utilizado la palabra correcta, no como yo. Eso es… enamora, sí señor.

—Ha sido una cena exquisita, y una compañía excepcional.

—Maestro, salgamos al jardín, tomaremos allí un refresco o lo
que deseen. Podremos hablar allí con toda la tranquilidad, nadie
nos molestará.

—Estupendo, vamos allá. —Es probable que el poeta piense que
ha llegado la hora de concretar eso que les intriga a todos.

—Quería hacerle una pregunta, me consta que en sus trabajos
literarios hay mucha reflexión, ¿a qué se debe, de dónde sale todo
eso? —Pregunta con interés el patrón.

—La reflexión, querido amigo procede de la meditación y ésta de
la necesidad de hablar con uno mismo.

Hablar con uno mismo en voz alta tiene poco de locura, al igual
que establecer un diálogo interno donde desmenuzar tristezas y
difuminar preocupaciones. Es más, pocas prácticas resultan más
terapéuticas, porque al fin y al cabo todos vivimos con nosotros
mismos, y comunicarnos con el propio ser es algo vital, algo
catártico y emocionalmente necesario para atendernos como
merecemos.

La mayoría lo hacemos. Cuando algo no sale como esperamos o
cometemos un error, no tarda en salir esa ávida voz de la
conciencia diciéndonos lo torpes o inútiles que somos. Y es eso,
ese diálogo interno negativo persistente lo que nos aboca a serios
estados de indefensión y a bordear de forma peligrosa el abismo
de la depresión.

El diálogo interno convertido en obra escrita es la mayor de las
satisfacciones de un escritor.

Los conflictos desaparecen porque han sido tratados con
racionalismo.

Base fundamental para conocerse y conocer nuestra existencia.

—Eso está muy claro, sin duda, pero en algunas de esas
reflexiones se señalan aspectos muy elevados, no son simples
elucubraciones de una mente pensante. Se lo voy a preguntar
directamente, no quiero dar rodeos. ¿Pudo usted ser abducido

por seres, digamos no de este mundo? —La pregunta es incisiva, no es fácil responder a ese tipo de cuestiones.

Los asistentes quedan entusiasmados y en espera de una respuesta. Todos ellos demuestran gran interés por estos temas y conocen la reputación como investigador del poeta.

—Ja, ja, ja. ¿De dónde saca esa presunta conclusión? —Pregunta riendo el poeta.

—Pues de aquella situación, la nave del Atlántico. —Responde el patrón. —Bueno, esto va a ser largo, vamos a ir por partes la abducción es un tema delicado, casi nunca se es consciente de una cosa de ese tipo Y otra distinta el teletransporte.

La cuestión es que el teletransporte ya existe en el mundo real, aunque no como nos lo habíamos imaginado.

Estamos acostumbrados a colocar el teletransporte en el casillero de la ciencia ficción más rotunda, en el mismo cajón que la telepatía, los hombres voladores o los viajes a la velocidad de la luz. La saga de Star Trek popularizó el concepto en la segunda mitad del siglo pasado, aunque quizás con algún error de base que entonces se desconocía.

Por el momento tendremos que conformarnos con el teletransporte a escala cuántica. La teleportación cuántica, que bebe de las leyes de la física cuántica, existía en el plano teórico desde los años noventa; un equipo de investigadores logró en 2012 transferir las propiedades de unos fotones (partículas de luz) desde el telescopio Jacobus Kapteyn de La Palma a una estación de la Agencia Espacial Europea ubicada en Tenerife, a 143 kilómetros de distancia. El experimento logró mover en el acto información de dos fotones muy alejados, demostrando así que la teoría podía llevarse a la práctica.

Otros dos experimentos más recientes, llevados a cabo por equipos independientes en China y Canadá, han probado que se pueden hacer transferencias de información cuántica codificada también en fotones a través de varios kilómetros de fibra óptica. Eso abriría la puerta al desarrollo del internet cuántico, una revolución para las comunicaciones similar a la que supuso internet en su momento, en tanto que sería capaz de enviar cantidades ingentes de información en un tiempo apenas apreciable.

Este verano se ha dado un paso más. Un equipo de investigadores chinos ha ideado una manera para evitar la alta volatilidad de los fotones: enviar las partículas solares a un satélite en órbita, que a su vez los transmite a la ubicación de destino. Se logra así que la mayor parte del viaje de los fotones se desarrolle en el vacío, que no les desgasta, de manera que consiguen desplazarse más lejos conservando la información que deben trasladar.

Todo esto viene a demostrar, que el tránsito no es de cuerpos como sería el caso de las reencarnaciones, de las que hablaban las culturas ancestrales, sino de la energía. La puede trasladarse en el espacio y el tiempo, está demostrado.

—Pues eso aclara muchas cosas. Sí, tal vez somos demasiado terrenales maestro. —Apunta el patrón

—Sin duda patrón, así es, incluso una vez fuera del ámbito terrenal. El arraigo existe. —Responde el poeta.

—Pues solo me queda una cosa más maestro… Preguntarle por los seres de luz. ¿Qué me puede decir sobre eso?

— ¡Vaya! así que se trata de eso… precisamente meditábamos hace poco sobre ello.

Un Ser de Luz es una entidad, encarnada o no, que vibra en una alta frecuencia y es por esta razón que tiende hacia lo luminoso y lo blanco. Otra característica que tienen los Seres de Luz es que han elegido el camino del Amor y se comportan según sus leyes. Consideraremos tres tipos de Seres Luminosos: Ángeles, Maestros y Guías. Esta clasificación no necesariamente es la única, ya que otros autores o técnicas pueden exponer una terminología distinta, aunque igual de válida.

Espero que no sea por eso que usted patrón me llama maestro. —Señala el poeta.

—Pues mire sí, es por eso, creo que usted es un ser de luz.

—Responde del patrón

— ¡Vamos, vamos patrón! eso no es así. No tiene consistencia. Yo he sido un hombre común, solo un poeta, un soñador, nada más, ahora soy un espectro, el ente de energía, que solo es visible para los que no están en el ámbito terrenal, como es su caso patrón. Eso es todo. El otro día, meditando con mi otro yo, decidí de broma llamarle ser de luz, pero era eso, solo una broma, no le gusta el término espectro.

—Está bien maestro, lo veremos en las Cies, allí nos esperan. Eso es lo que tengo yo muy claro, y en concreto a usted. Es la verdadera razón de nuestro viaje.

Ahora descansen usted, su otro yo y todos, mañana después de un breve paseo, nos hacemos a la mar para alcanzar el destino final.

—De acuerdo, de acuerdo patrón, así lo haremos, no hay problema.

—Buenas noches a todos. —El anfitrión se despide de los invitados y del resto.

CAPÍTULO 6

Las islas Cies. El contacto.

El escenario elegido para el evento no puede ser más idílico, un entorno casi despoblado en su mayoría es el punto de un encuentro que hasta ahora es un misterio. ¿Será ya consciente el poeta de lo que va a suceder?

—Buenos días, señores… el desayuno está listo. Vamos que el día promete.
—Buenos días a todos, magnifico día para navegar patrón.
—No lo crea maestro, tengo el parte meteorológico y hay mareas en las proximidades de las Rías Bajas.
— ¡Vaya! eso puede ser un contratiempo, nunca mejor dicho.
—El navío está preparado para eso y más, no se preocupe. Y nosotros también, eso sin duda.
Si lo prefieren zarpamos por la mañana, es probable que empeore la situación más tarde.
—Pues por nosotros adelante patrón, adelante.
— ¡Muchachos! despúes del desayuno todos a bordo. Zarpamos. Estoril siempre está aquí, volveremos.
Una nueva anticipación en la salida a la mar, parece ser el pronóstico del tiempo esta vez, o quizás las ganas de llegar.
¡Vamos chicos! Como siempre, motores y desamarre. Avante poca y timón a estribor, nos separamos de popa.

¡Vamos, vamos! Ahí está… muy bien. ¡Vale! Ahora toda la caña a babor… adelante. ¡Foques a favor de viento! Cuidado con las rachas. Capitán… todo suyo.

—Gracias patrón, izad la mayor, máquina parada. Adelante… Sopla de poniente, sí habrá tormenta. Bueno, timonel cinco grado a babor, contrarrestamos esos golpes de viento… ¿De acuerdo?

— ¡A la orden!

—Mantenemos rumbo y velocidad. Cada vez vendrá más oleaje patrón. Mejor ahora que más tarde. Mire ahora me ha venido a la mente, ¿ha oído hablar alguna vez de los tardígrados?

— ¿Tardígrados? ni idea, ¿qué son?

—El tardígrado, u oso de agua, es la forma de vida más resistente del planeta, según la ciencia. Un milímetro solo de tamaño y puede sobrevivir durante 30 años sin comida ni agua, vivir en el vacío helado del espacio y resistir las más extremas condiciones, incluidas temperaturas de 150ºC o niveles de radiación que matarían al ser humano, según la investigación.

El tardígrado será el último superviviente en la Tierra. No importa si choca un asteroide contra la superficie del planeta o si explota una supernova en una galaxia cercana, en cualquier caso, habrá una forma de vida que sobrevivirá en nuestro planeta. Solo la muerte del Sol podría acabar con el tardígrado.

—Es increíble, nunca había oído eso.

—Bien, eso es solo una curiosidad, pero serían seres capaces de viajar por el universo. El resto de viajeros solo podrían a través de los llamados agujeros negros. Acumuladores de la energía de astros que se fusionan una y otra vez, y que pudieran ser el origen de las galaxias y por tanto del universo. Y por derivación el gran cisma del espacio-tiempo.

Existen muchas teorías sobre los viajeros del universo. Pero desde tiempo remoto hay signos de seres que visitaron el planeta y a los que se atribuye la creación del ser humano tal como lo conocemos.

El viaje a través del tiempo es un concepto de desplazamiento hacia delante o atrás en diferentes puntos del tiempo, similar a como se hace un desplazamiento en el espacio. Además, algunas interpretaciones de viaje en el tiempo sugieren la posibilidad de viajes entre realidades o universos paralelos.

Se analizó la posibilidad teórica y técnica de viajes en el tiempo, y la posibilidad de que existan paradojas asociadas a dicho viaje a través del tiempo (por ejemplo evitar el nacimiento de nuestros propios antepasados o la paradoja de los gemelos).

Las tradiciones de ciertos pueblos aseguran que las pinturas dejadas en sus cavernas o paredes de roca no fueron creadas por sus ancestros, sino por extraños visitantes. Es el caso de los inquietantes rostros que adornan ciertas cuevas y abrigos de montaña cerca del río Gleneg, en la cueva de Kimberley, al noroeste de Australia. Se trata de una cueva considerada sagrada por los aborígenes, en la que estaban representados los enigmáticos wandjina, pinturas rupestres de seres mitológicos asociados con la creación del mundo.

Los wandjina tienen una siniestra actitud que resulta casi intimidante, fueron dibujados en la cueva de Kimberley como auténticos espectros, fantasmas de las rocas de tez blanca que, sin ningún tipo de pudor, permanecen vigilantes y atentos al entorno con sus grandes y desproporcionados ojos. Intimidantes en extremo, su actitud es, cuando menos, siniestra. Sin duda la lejanía de un lugar a otro indica que eran viajeros del universo, lo difícil es saber si eran verdaderos seres de luz, o solo tripulantes de aparatos que hace ya miles de años estuvieron aquí. Y con la evolución… ¿Quién dice que no estén aquí aun hoy?

Solo la fe sostiene las creencias, y todas las religiones hablan de luz y de seres luminosos a lo largo de la historia. En realidad hablan de energía, una energía que hoy conocemos, se trata de los rayos gamma. La radiación gamma o rayos gamma es un tipo de radiación electromagnética, y por tanto constituida por fotones, producida generalmente por elementos radiactivos o por procesos subatómicos como la aniquilación de un par positrón-electrón. También se genera en fenómenos astrofísicos de gran violencia. Ese parece ser el origen de la luz que se aprecia en diversos avistamientos antiguos y sobre todo en los textos de origen religioso. Un aura de luz de origen desconocido en aquel tiempo.

—Maestro, me deja usted con la boca abierta. Entonces, la luz de la super estructura en el mar… ¿Cree usted que era ese tipo de luz?

—Sin duda, nada puede iluminar algo de esa forma.

—Nos acercamos al lugar… ¿qué hacemos?

—Arriad velas, máquina en avante poca, mantenemos rumbo, lentamente. Déjame ver el sonar… cuidado con las posibles rocas de fondo.

—Hay profundidad capitán.

—Sí pero con mucho cuidado. Parad el motor. Preparad el ancla para fondear. ¡Atentos! el radar, ¿hay algo en pantalla?

—Limpio capitán. Hay pesqueros a unas sesenta millas al norte.

— ¿A qué distancia estamos de la costa?

—Dos millas capitán.

— ¡Fondead! Abajo con el ancla, vamos…

—Timonel, caña a estribor, no mueve la corriente. Mantened la postura hasta el fondeo.

—Fondo capitán, el ancla ha hecho fondo.

—Muy bien. A ver, ¿nada en radar?

—Limpio.

— ¡Patrón! Venga aquí… ¿ve lo mismo que yo?

—Por supuesto maestro, es una luz.

Ante ellos la imagen ya imaginada, las conversaciones han dejado claro de que se trata el misterio. Aquella estructura que una vez estuvo allí, de nuevo estaba ante ellos. Lo desconocido siempre es inquietante, posiblemente en la vida y también más allá de ella.

—No lo detecta el radar, ni el sonar. Estamos ante una energía desconocida. ¡Preparad el bote para arriarlo! vamos a bajar a la isla patrón. Nos llevaremos un chico para vigilar el bote.

—Sí, vamos. Pensé que iríamos a la isla mayor.

—No, la luz indica allí, es una isla deshabitada. Vamos hacia allá.

—¡¡¡Ahí, ahí!!! Amarra el bote, y quédate aquí.

—A al orden patrón.

—Hay que subir hacia donde ilumina ese haz luminoso. ¿Tiene miedo patrón? no se asuste, no pasará nada.

—No, no, no tengo miedo con usted. ¡¡¡Espere!!!... ¿qué es eso?

—Tranquilo, tranquilo… son… tripulantes, viajeros del universo. Déjeme a mí, yo entraré en comunicación. ¡Espere! ¡Quédese ahí! quieren que me acerque solo.

—Está bien, me quedo aquí, sí. ¡Madre mía!... ¿qué le estarán diciendo?

La luz es impresionante, potentísima y en cambio no deslumbra y presenta calidez. Jamás he visto algo igual.

Están tardando, algo importante tiene que ser, pero no les veo hablar, solo emiten luces de colores.

¡Vaya! parece que ya ha terminado… Pero, ¿por dónde se han ido? ¡Ya no están!

— ¡Patrón! vámonos, esto ya está. Tenía razón, era importante, teníamos que venir aquí. Vamos al navío, luego le explico si soy capaz, claro.

— ¿Qué ha pasado… qué le han dicho?

—Tenemos una misión. Patrón… son enviados, me han explicado que hago yo aquí en este lado. Al principio no entendía, mi alma abandonó mi cuerpo, sin embargo no siguió su camino.

—No entiendo nada maestro. ¿Qué misión es esa?

—Tenemos que ir a Salamanca.

— ¿A Salamanca maestro?

—Sí, allí encontraré lo que busco, me han dicho.

— ¿Y qué busca usted maestro?

—Pues créame si le digo que no lo sé. Pero lo sabré, sin duda.

—Bueno, pues en marcha, yo les acompañaré… tomaremos un coche de alquiler en Vigo. Atracaremos allí.

— ¿Está seguro… desea venir con nosotros?

—Por supuesto, no les abandonaré.

—Habíamos hablado de desdoblamiento con un camarero y ahora resulta que aquí tiene mucho que ver con esto, me explico. El desdoblamiento se produce por ejemplo en los escritores de novelas, es la capacidad de sumergirse en sus personajes y vivir otras vidas, podemos considerarlo una abducción, ¿No es así? Pues bien en el caso de los poetas, ese desdoblamiento se produce con su propia alma, es de allí de donde salen sus sentimientos para plasmarlos en forma de poema. Y eso es lo que han tratado de comunicarme, mi alma está viva, y tiene un cometido pendiente, ese es el motivo de mi estancia en este estado intermedio.

—Eso es impresionante maestro. Pues adelante vamos para allá.

—En menos de tres horas nos plantamos en Salamanca.

—Sin duda maestro. Y dígame, ¿hay que buscar a alguien allí?

—Sí patrón, a una mujer. Pero creo que será ella quién nos busque, según he entendido.

—Muy bien, pues pongamos en marcha. Hablando de todo un poco, me dijo que me explicaría algo, no recuerdo ahora, pero algo de gran interés.

—Tal vez era aquello de la radiación gamma o rayos gamma, es un tipo de radiación electromagnética, y por tanto constituida por fotones, producida generalmente por elementos radiactivos o por procesos subatómicos como la aniquilación de un par positrón-electrón. También se genera en fenómenos astrofísicos de gran violencia.

—Créame si le digo que no entiendo nada de todo eso, pero me fascina.

—A ver cómo le explico esto patrón. Verá, a partir de la observación del Oumuamua que es, aparentemente, un objeto interestelar que atraviesa el sistema solar que fue descubierto en una órbita altamente hiperbólica por Robert Weryk el 19 de octubre de 2017 con observaciones hechas por el telescopio Pan-STARRS cuando estuvo a su alcance.

Quienes lo observaron primero, los astrónomos del sistema de sondeo continuo Pan STARRS, de la Universidad de Hawái, le pusieron su nombre, Oumuamua, que significa "mensajero de lejos que llega primero" en hawaiano.

En un inicio, la discusión sobre qué era Oumuamua tuvo dos respuestas posibles: un cometa o un asteroide. Pero sin duda un viajero interestelar. La lástima es que su velocidad no permitió analizarlo en profundidad, si parte de su estructura, pero hoy puede estar en el lado más alejado de nuestra galaxia o ya en otra.

Su extraña forma alargada es debido a una consecución de fenómenos de difícil explicación, pero su superficie helada y de color rojizo, demuestra que en sus componentes hay agua.

Lo que nos interesa del tema es saber que el viaje interestelar es posible, eso sí, no como creemos sino adoptando otra forma de vida, es decir en estado etéreo.

— ¿Estamos hablando de almas maestro?

—Efectivamente patrón, de almas. Eso es.

—Maestro, estamos en Salamanca. Ahora usted dirá.

—Sí, a la facultad de filosofía, allí es el lugar de encuentro.

—De acuerdo, creo que sé dónde es, un sobrino mío estudió allí.

—Pues vamos allá. Adelante.

—Ahí la tiene usted, facultad de filosofía.

—Magnífico edificio, que hermosura arquitectónica.

—Sí es muy bonito y regio.

—En aquellas escaleras hay una mujer que creo que responde a las características que me indicaron.

—Pues vamos a por ella. En el buen sentido maestro. Vaya, extraña dama, parece venida de otro mundo, tal vez ahora estoy aturdido con todo eso que me ha explicado.

—Nunca se sabe patrón, nunca se sabe.

———————————————

CAPÍTULO 7

El encuentro.

—Buenas tardes.
—Buenas las tengan, ¿Alex?

Es la primera vez que conocemos el nombre de pila del poeta, él mismo asintió que su nombre no tenía ninguna importancia, sin embargo ahora sí, pues vamos a identificar que se trata del protagonista de la famosa novela escrita por la gran novelista Emma Arlubins, cuyo título es Aura de Mujer, y cuyo argumento responde a algo que fue más real de lo que en realidad parecía. Por eso la famosa escena del bar La Terraza, dio pie a un recuerdo imborrable para todos. Llevado al cine como se ha visto en la ciudad de Cádiz

—Sí señora, para servirle, usted me dirá.
—Bueno me presento, soy Ana, y seré su medio de transporte. Permíteme que te tutee eres joven para mí. Cuando digo tu medio es que para lo que tenemos que hacer deberás ocupar mi cuerpo.
— ¿Cómo?... ¿qué yo voy a ocupar tu cuerpo?, pensé que nada me sorprendía ya, acabo de quedarme helado
—Mejor el frío es necesario para la fusión, lo entenderás. Sí, ocuparas mi cuerpo durante el plazo acordado.
—Maestro, creo que yo aquí ya estoy sobrando, y también estoy helado, y estamos en agosto.

—Usted ya ha cumplido su misión, puede volver a sus asuntos patrón y muchas gracias por todo.

—Maestro cumplo órdenes, vuelvo a Vigo y zarparemos hacia Estoril, allí le estaremos esperando.

—Tardará un tiempo en volver, téngalo en cuenta. Señala Ana.

—No importa, allí estaremos. Maestro… suerte.

—Adiós y gracias por todo patrón, hasta la vista.

—Mucho gusto señora, adiós maestro. —El patrón se despide y abandona el lugar girando en varias ocasiones la cabeza para ver qué está sucediendo.

—Bueno, vamos por partes… entraremos ahí, lo que vas a ver te va a impresionar, haz en todo momento lo que yo te diga, ¿de acuerdo? Ahora estás a mi cargo. —Indica Ana con tono autoritario.

—De acuerdo, de acuerdo. —Responde Alex.

—Pues vamos allá. —Con la mano Ana indica el camino hacia el interior del edificio.

—Qué maravilla de sitio, es impresionante, es cierto. —Comenta Alex.

El interior de la hermosa facultad es digno de asignarle un adjetivo de supremo. Se respira arquitectura de altos vuelos por los cuatro costados. Pero eso no es nada comparado con la sorpresa que le espera a Alex. Al mirar hacia la enorme biblioteca…

—¡¡¡Pero… qué veo!!! ¡¡¡Elisabeth!!! ¡¡¡Elisabeth!!! ¡¡Es mi mujer!!

—No seas tonto, no puede oírte, ni verte, no te esfuerces.

—Pero… ¿qué hace ella aquí? no lo hubiese imaginado jamás.

—Tenía que venir, hizo una promesa y la ha cumplido. —Alex recuerda perfectamente eso.

—¡¡Mi amor… estoy aquí!!!

—No insistas, ya te he dicho que no te ve, ni te puede oír. Vale ya de hacer tonterías, déjame a mí. —Ana recrimina al sorprendido Alex.

—Sí, sí, de acuerdo. —Responde aturdido.

—Ven conmigo… —Ana le coge la mano y le acerca hacia el lugar del encuentro.

—Vamos, vamos sí.

— ¡Caramba! he sentido un escalofrío. ¿De dónde vendrá este aire frío?, ¿y ese perfume? Hacía mucho que no lo olía, debe ser ese joven. —Elisabeth siente algo, su cuerpo reacciona de forma extraña.

—Perdón señora, ¿puedo ayudarla en algo? —El joven que está sentado al lado, pregunta a Elisabeth, para él es una desconocida que le mira fijamente.

—No, no joven, gracias. Es solo que me agrada el perfume que lleva.

— ¿Perfume, dice usted? Ojalá, no, no, no puedo usar, ya me gustaría a mí, soy alérgico a todas las colonias y perfumes. Lo siento. —Responde el joven.

— ¡Ah! Pues disculpe, me había parecido que… ¡Vaya! no lo había oído nunca, alérgico a las colonias. Espero que no le haya sentado mal. Pero… ¿Quién será esa mujer? No para de mirarme. —Ahora es ella la que se siente observada.

Ana, la médium mira fijamente a Elisabeth, y sin más dilación se dirige a ella…

—Buenas tardes Elisabeth.

— ¿Perdón, me conoce?

—No, no tengo el gusto, pero ahora ya sí. No te asustes, solo soy una enviada, alguien quiere visitarte.

— ¿A mí? Pero si yo no conozco a nadie, no soy de aquí.

—Lo sé, eres catalana y escritora, tal vez debería conocerte, pero no soy lectora habitual de novelas románticas, lo siento. —Señala Ana, sin dejar de mirarla fijamente.

— ¡Ah! no se preocupe, a todo el mundo no le puede gustar lo mismo. Pues encantada, en cambio sabe mi nombre. —Afirma extrañada Elisabeth.

—Sí, eso sí, es imprescindible. —Responde Ana.

— ¿Imprescindible? caramba jamás me habían dicho eso. ¿Es usted de aquí, de Salamanca?

—En efecto, de toda la vida, sí. —Responde Ana.

— Pues yo he venido de vacaciones, y además a documentarme aquí en esta biblioteca de asuntos de filosofía. Mi abuela sí, era de aquí, también eso me ha hecho decidir venir, ahora que mis hijos ya son mayores. Y es un viaje que nos quedó pendiente a mi querido esposo y mí por hacer. Lo que él siempre llamaba asignaturas pendientes. —Argumenta Elisabeth.

—Debió ser un hombre ilustrado, por lo que veo. —Señala Ana.

—Más que eso, era el mejor poeta y escritor que he conocido nunca. Y no es porque fuese mi marido, ahí está su extensa obra.

—Está bien, pues estoy encantada de conocerte Elisabeth. Y te diré una cosa, es un secreto, pero te diré que soy médium.

— ¿Médium? no me asuste usted, que a mí esas cosas me dan miedo. —Responde aturdida Elisabeth.

—No temas, no hay nada que temer, ya te he dicho que solo soy una enviada.

— ¿Pero enviada de quién?... ¿cómo quiere que no me asuste?

—Pregunta Elisabeth sin entender nada.

—Y dime, ¿dónde te alojas?

—Pues alquilé una casita a las afueras de la ciudad. Pasaré aquí todo el mes.

— ¡Ah! estupendo. Pues tal vez deberíamos ir a esa casa, tengo algo importante para ti, y aquí no es el lugar apropiado. —Ana intenta no asustar a Elisabeth, pero sin duda es algo inevitable.

—Bueno, la verdad, me tiene intrigada, y veo que es usted muy amable y muy agradable. Tengo mi coche ahí afuera, si quiere nos vamos y tomamos un café, sí, y me saca de mi intriga.

—Claro que sí, por supuesto. Vamos.

—Aquí, aquí, es este mi coche. —Elisabeth señala hacia su hermoso y flamante automóvil.

—Qué coche más hermoso, y blanco, me encantan los coches blancos, y limpio como una patena. —Exclama Ana.

—Sí, a mí también me gusta el blanco en los coches, y la limpieza, es como un ritual para mí. ¿No fumará usted? en mí coche no se fuma, logré que mi esposo no lo hiciese nunca.

—No, no guapa, yo no fumo, no he fumado en mi vida.

—Adelante, no me ha dicho su nombre.

—Ana, me llamo Ana.

— ¡Anda! Mi madre se llamaba Ana.

— ¡Ah!... ¿sí?, ¡fantástico! —La médium sonríe.

—No sé yo si hago bien en... —Piensa Elisabeth.

—No temas nada Elisabeth.

— ¿Cómo? —Pregunta con sorpresa.

—Recuerda que soy médium, oigo lo que piensas aunque no lo digas. Mejor dicho siento. Como decís los catalanes "et sento", ¿no es así? En realidad oír y sentir son cosas muy similares, está bien dicho. —Ana intenta romper el hielo, la situación es realmente extraña.

— ¿Pero también sabe catalán? —Pregunta la buena de Elisabeth.

—Casi nada—Responde la médium.

—Dile que estoy aquí. —Alex está impaciente.

—No, ni pensarlo, ¿qué quieres asustarla y que tengamos un accidente? —Le responde la médium en tono imperativo.

— ¿Un accidente Ana? Por Dios, no tenga miedo conduzco hace muchos años. —Elisabeth se asusta.

—No, no disculpa, a veces hablo sola. —Señala Ana. — ¡Cállate! De nuevo se dirige a Alex.

— ¿Yo? —Elisabeth no entiende nada.

—No, no tú no. —Responde Ana. —Otra vez hablando sola. Lo siento.

—Bueno, ya estamos, aquí es.

—Qué bonita casa Elisabeth, no la conocía.

— ¡Adelante Ana! siéntase en su casa.

—Elisabeth, tutéame por favor, me haces sentir mayor si no lo haces, aunque lo soy, es evidente. —De nuevo Ana sonríe, quiere que Elisabeth no se encuentre incomoda.

—Con mucho gusto Ana, pues pasa y acomódate y preparo el... ¿Qué te parece si cambiamos el café por otra cosa?

— ¡Ah! Por mí, lo que quieras. —Responde Elisabeth.

—Un gin tónic, ¿Te apetece?

—No suelo beber, pero sí, haré una excepción, vale.

—Yo tampoco bebo, pero me ha venido de gusto. Voy a prepararlos. —Eso del Gin tónic asombra a Elisabeth.

—Y esa afición por la filosofía, ¿es para tus novelas? —Pregunta Ana al observar una gran cantidad de libros. — ¿Y viajas con todos ellos?

— ¡Uy!, esto no es nada, en casa hay cientos de ellos. —Herencia de mi querido esposo.

— ¿Era filósofo? —Pregunta Ana, como si no lo supiese.

—Era una persona encantadora, eso es lo que era.

—Veo que os amabais mucho, ¿no es cierto?

—Mucho Ana, mucho. Y todavía lo hacemos.

—Ya veo ya. —La médium ve la dimensión de ese gran amor que sin duda justifica este encuentro.

—Mira no sé por qué te explico esto, pero me apetece. Yo me enamoré de sus letras, y más tarde de él. Pero locamente Ana. Lo suyo fue al revés primero se enamoró de mí y después de mis letras. — Dos lágrimas se precipitan por las mejillas de Elisabeth.

—Hermosa historia de amor Elisabeth muy hermosa.

—La verdad es que fuimos muy felices, sí mucho. Nos llenábamos el uno al otro. Éramos un equipo para todo, para todo Ana.

—Bueno, pues tú me dirás. Estoy esperando que me expliques.

—Sí claro, verás, Alex tu esposo…

— ¡Ah! Pero sabes su nombre, no recuerdo habértelo dicho.

—Pues claro que lo sé. Era un hombre muy especial, muy espiritual.

—Sí lo era, todo sentimiento, ahí está su huella en todas sus obras. —Afirma Elisabeth.

—Cuando digo especial, digo especial sabes. No era un hombre común. Su raciocinio superaba la normalidad. Parecía de otra galaxia por así decirlo. —Señala Ana.

—Yo siempre le preguntaba si era extraterrestre. Ja, ja, ja. Y aún lo pienso. —Ríe pero en realidad Elisabeth está emocionada.

—No, extraterrestre no. Amaba a la tierra como nadie, no te quepa duda. —Aclara Ana.

—Es cierto, si te dijera que hablaba con las plantas, tal vez parezca una locura.

—De eso nada. No es ninguna locura Elisabeth. Este gin tónic está exquisito.

— ¡Ay! Ana… esa palabra.

— ¿Exquisito, no te gusta? —Pregunta la médium.

— ¿Qué si me gusta? era la preferida de mi madre. Me encanta.

—Está bien Elisabeth, ha llegado el momento, no quiero que te asustes, ¿de acuerdo? por nada de lo que pase.

—Abrázame Elisabeth. ¡¡¡Abrázame!!!

—Está bien, voy... pero... estás helada. ¿Tienes frío Ana?

—No, cariño no. Es necesario. Ahora sentirás calor, mucho calor. No temas guapa. ¡¡¡Abrázame Elisabeth!!!

—¡¡¡Dios mío!!! ¡¡¡Alex!!!! ¡¡¡Eres tú mi amor…!!!

—Pero… Ana… ¿Dónde está?... ¿qué es esto, un sueño?

—¡¡¡Elisabeth, mi amor!!!... no es un sueño. Soy yo vida mía.

— ¡Ay…! Creo que me voy a desmayar, ¡¡¡Alex, mi vida!!!... te amo, te amo.

—Lo sé vida mía, lo sé… y yo a ti.

Estamos ante lo que podemos denominar una regresión, una huida del presente hacia un estadio evolutivo anterior. Se trata de un mecanismo de defensa psíquico.

Cuando no encontramos un camino, cuando existe la sensación de que algo está pendiente, se debe volver, regresar allí donde radica la raíz de un asunto.

La inesperada o no, partida de Alex, supuso como puede suceder a menudo, la sensación de no haber culminado un objetivo. Sin duda todos nos planteamos objetivos en la vida, y no siempre se ven cumplidos en su totalidad, o al menos esa es nuestra percepción.

Para Alex volver significa rematar un proyecto que entiende que quedo pendiente.

Regresar a la vida no es fácil, incluso puede resultar hasta incómodo, pues es claro que en un estadio etéreo desaparecen los dolores, los males, las angustias, tal como hemos podido comprobar con ese episodio de Alex acompañado de su otro yo.

Ahora reencarnado en su propia vida pasada, vuelven los achaques, los temores y las incertidumbres. Por otra parte, desaparece el otro yo, ya que queda integrado en esa reencarnación.

En definitiva Alex vuelve a ser aquel que fue, eso sí, después de un largo paseo por lo que no sabemos si definir como purgatorio o como dijo él… ¿No será que el purgatorio es la propia vida? En tal caso su paseo fue por lo que conocemos por cielo.

 — ¿Cómo me has encontrado, cómo has venido hasta aquí? ¿Es que no has encontrado tu estrella?

—Cómo la voy a encontrar amor mío, si la tengo delante de mí. Siempre fuiste y serás mi estrella. Vida mía, esto es temporal, deberé volver allá de donde vengo, espero que entiendas eso.

— ¡Ay! amor mío temporal, no, no, mi amor es atemporal, es eterno hacia ti. Yo me iré contigo a donde sea. No te perderé nunca más.

—Elisabeth, tú no has terminado tu tarea aquí, debes seguir nuestro proyecto hasta el final. Será entonces cuando nos reunamos definitivamente.

—Está bien, mi amor, y ¿cuánto tiempo tenemos?

—No mucho, las vacaciones que quedaron pendientes, ¿recuerdas? He venido a pasarlas contigo. ¡Qué casa más hermosa Elisabeth! siempre has tenido gusto para elegir casas.

— ¡Poco tiempo! Alex… vamos a casa, si tenemos poco tiempo quiero pasarlo allí contigo.

— ¿A casa? pero esto te habrá costado un dineral.

—No importa, quiero estar allí, es nuestra casa Alex y sé que te gustará estar allí aunque solo sea por ese tiempo que dices…

—Está bien, a ver quién me saca de allí luego, porque no sabes cuánto la añoro. —Alex no deja de mirar esos ojos verdes que le regalaron una vida, ahora él quiere regalarle una vida a ella.

—Pues venga… voy a preparar las maletas, no tardo nada.

Nerviosa, emocionada y temblorosa Elisabeth se apresura a preparar el equipaje.

—Yo no traigo maleta Elisabeth, no sabía…

—No te preocupes, compraremos ropa nueva, la que llevas parece de hace veinte años.

—Es que es de hace veinte años amor mío. Ja, ja, ja.

— ¡Ah! claro… no he caído. Pero tú estás igual.

—Y tú también mi vida, mírate en el espejo.

— ¿Hemos viajado en el tiempo? —Pregunta asombrada.

—No vida mía, hemos viajado en la dimensión, algo similar. Tendré que avisar a esa gente que me ha acompañado hasta aquí de que me voy de Salamanca.

—Avísalos sí… nos vamos Alex… vamos a nuestra casa.

A Elisabeth le tiemblan las manos, casi no es capaz de maquillarse como es su costumbre para salir a la calle, no puede creer lo que está pasando…

— ¡Hala! Ya está… tampoco traía mucho equipaje, no tenía pensado salir mucho, libros sí. ¡Vamos! Tengo el coche fuera.

— ¡Vaya! Tienes aún el mismo coche…

—Ja, ja, ja. No vida mía, es otro, sí, es muy parecido, y no sabes cuánto me acuerdo de mi blanquito, era mi pasión ¿recuerdas? Pero han pasado veinte años, este es el modelo de ahora, es parecido ¿verdad?

—Ya lo creo, hubiera jurado que era el mismo, tal vez es más grande.

—Sí, y más avanzado en tecnología, ya verás.

—Pero seguirás llevando las canciones de siempre ¿no?

—Por supuesto, yo mí Julio y mí Roberto Carlos… siempre, ya sabes ja, ja, ja. Eso sí que no ha cambiado.

—Excelente, hace tiempo que no las escucho. —Alex recuerda los bellos momentos y los viajes en aquel coche donde le gustaba que condujese ella.

—Anda, sube que tenemos kilómetros por delante.

— ¿Sabes cómo me siento Elisabeth?

— ¿Cómo vida mía?

—Pues muy feliz, como en una nube, nunca pensé que volvería a verte, y al mismo tiempo siento algo que hacía mucho que no sentía, ese dolor de espalda que no tuve más desde que me fui. Ahora en este cuerpo prestado, tengo de nuevo la misma sensación y además la más que posible artrosis de aquella mujer.

—Necesitas ver el mar, estoy segura de eso, me refiero al nuestro. Ya verás, te encontrarás mejor.

—Elisabeth… ¿Cómo están los niños? —Alex siempre se preocupó por ellos, sabía que eran la pasión de su mujer, a pesar de que eran fruto de su anterior matrimonio.

— ¡Ay amor! Los niños ya no son niños, ja, ja, ja. Ahora son adultos, pero muy bien y se acuerdan muchas veces de ti. Nos vemos poco, no creas, ellos tienen sus ocupaciones, una con el tenis, el otro es un técnico fabuloso, algo se le pegaría de ti, no eras su padre, sin embargo te comportaste siempre con tal. Qué difícil fue al principio, ¿recuerdas? pero todo se arregló. ¿No tienes que preguntar por alguien más?

—Sí, claro… ¿Cómo está? —Alex era padre por su parte de una hija de su primer matrimonio.

—Bien, bien… todo se arregló aquellas Navidades, después fue todo una balsa de aceite. La veo poco también la verdad, pero nunca perdimos el contacto. ¿Sabes? es directora de un instituto, por lo visto muy apreciada en su ámbito.

—Siempre vivió su profesión, es verdad. ¿Y…?

— ¿Ernesto?, ¿te refieres a él? Pues no tenemos contacto a penas, solo lo imprescindible. Conoció a una chica y…

— ¿Se enamoró? —Una sonrisa se asomó a los labios del poeta.

—No lo sé, él dice que sí, pero yo creo que se enamoró de las labores domésticas y de que todo estuviese en orden.

— ¡Vaya! otra sumisa al servicio del señor. —Cientos de escritos salieron de su pluma defendiendo las libertades individuales y la resistencia a los sometimientos y los dictados machistas.

—Sí, tal vez sí. No creo que haya aprendido a amar a nadie, no era lo suyo. Hay que reconocer que lo pasó mal. Recuerdo muchas veces como tú te preocupabas por él, era increíble, yo soy más fría, ya lo sabes, digo punto y se acabó. —Elisabeth reconoce el nivel de comprensión e incluso de sentido filantrópico cuando se trata de personas cercanas.

— ¡Ay… amor mío!, cuánto tiempo sin oír esas palabras tuyas que me llenan el corazón de alegría. Pero es que me acabas de quitar veinte años de encima, será por eso.

—No, no, que te los he visto antes y estaban radiantes como siempre. Elisabeth. Podríamos comer en Zaragoza si llegamos a una hora correcta. —Comenta Alex.

—Pues mira sí, llegaremos a tiempo para la hora de comer. Y una visita a la Virgen del Pilar no estaría de más. —Afirma Elisabeth.

—¡¡¡Y a la Virgen del Pilaaar… que no quiere ser francesaaa…!!! Es una jota, ya sabes… Y ésta otra;

> "Para cantar, los navarros;
> Para llorar los franceses;
> Para pegar cuatro palos;
> Los mozos aragoneses".

Todavía me acuerdo y eso que hace años que no la escucho.

—Eres increíble Alex. No has perdido el sentido del humor, mira que me he llegado a reír contigo.

— ¡Mira Elisabeth! ahí… ese parece un buen sitio para comer.

—Voy, ahora salgo por esa salida. ¿Tienes hambre? —Elisabeth siempre se preocupó por lo poco que comía el poeta.

—Sí, tengo ganas de estar contigo en una mesa, tengo tantos recuerdos…

—Yo también cariño, yo también.

La elección del lugar no es fortuita, Alex detecta que es muy parecido a su restaurante favorito donde acudían con frecuencia y de donde tenían recuerdos inolvidables. La pregunta que se hace él en este momento es… ¿Harán canelones aquí?

— ¿Elisabeth, qué te apetece comer? ¿Harán canalones aquí?

—Ja, ja, ja. No me digas… ¿pedirías canalones?, no lo sé amor.

—Y tanto, no lo dudes. Si hay, lo tengo muy claro. —A ambos les encanta ese plato, pero para Alex es como una religión.

—Pues mira, sí hay, yo también pediré. Cuantos recuerdos eh Alex. Te recuerda al restaurante El Torreón, ¿no es eso?

—Ya lo creo, lo he visto desde lejos. Mira… ¿qué te parece esa mesa? Te advierto que es similar hasta el paisaje, salvando las diferencias, aquí no huele a la salitre del mar, estamos muy lejos.

—Excelente, de frente ¿no amor? —Apunta sonriendo Elisabeth.

—Sí claro, no quiero problemas de torticolis, ja, ja, ja.

— ¿Aún recuerdas eso?

—Lo recuerdo todo amor mío, todo. Hasta el último detalle.

—Pues mira cariño, vas a tener suerte, ja, ja, ja… ¡Hay canelones! no me lo puedo creer.

—Elisabeth, decidido… no se hable más… canalones. Además vengo, no te diré harto, porque sabes que no, pero servido de pescados y mariscos, así que ya tenía yo ganas de esto.

—Pues vida mía, me parece que te voy acompañar, sabes que a mí también me encantan.

— ¡Hecho! y una botellita de vino, de aquí de Aragón, ¿vale?

—Estupendo, me acuerdo mucho de eso cariño, los buenos momentos que pasamos.

Tras la espléndida y copiosa comida, Alex y Elisabeth retoman el viaje que les llevará a su hogar, ese que se convirtió un día en su paraíso particular.

—Un par de horas y estamos en casa Alex.

La monotonía, el cansancio de tanta tensión acumulada hace que Alex se rinda al sueño, jamás pudo dormirse en un viaje, en un automóvil, sin embargo con ella es diferente, Elisabeth lo mira, lo observa, todavía no es del todo consciente de que no esté soñando todo esto.

Al alcanzar tierras catalanas, Alex abre los ojos, tal vez percibe ya esa sensación de estar cerca del mar.

— Amor te has dormido, ¿estás cansado? si quieres descansamos un rato, tal vez un café…

—No, no, por mí no, pero si tú lo necesitas paramos.

—No cariño, estoy deseando llegar, solo pararé para repostar. Mientras dormías, venía pensando… tienes muchas cosas que contarme, todavía no entiendo cómo ha podido pasar esto.

—Desde luego, tengo mucho que contarte sí, veremos si soy capaz de hacerlo. Siempre fuiste reacia a todo lo que no se puede ver, tocar, percibir de forma concisa. Ahora no son elucubraciones, ni principios filosóficos, ahora vengo de donde las verdades son verdad y la realidad toma su auténtica naturaleza.

—Por cierto Alex, ¿escribías en ese lugar que dices?

—No es un lugar Elisabeth, en realidad los lugares los forjamos nosotros con una visión, una percepción. Es más bien un todo, no sé si me explico, la definición de un todo sería muy difícil de concretar.

—Pero tú la harás, estoy segura. Ja, ja, ja,

—Ja, ja, ja, no sé… no sé. Pero lo intentaré sí.

El todo es la totalidad, la integridad, lo absoluto, lo intacto, un conjunto que es algo completo. Lo contrario es la nada.

Ahora recuerdo aquellas anécdotas tan graciosas, sí, afirmaciones que recogí en uno de mis relatos:

"Un individuo apareció de la nada". Esto formaba parte de una declaración en un juicio, en la que el juez en una intervención dijo: "¿Pero usted sabe lo que es la nada?"… y respondió, es la inexistencia de todo. Ja, ja, ja. ¿Vaya corte no? el declarante se quedó de piedra.

En fin, las definiciones pueden tener distintas interpretaciones. Porque ya me dirás lo que significa cuando decimos "Es todo un caballero". ¿Qué queremos decir? que puede ser una parte de caballero, ja, ja, ja.

—Tú y tus reflexiones, cuantas hiciste a lo largo de tus obras, por cierto, no me has respondido. ¿Escribiste?

—Jamás dejaría de hacerlo Elisabeth. Mira sin ir más lejos, hace pocos días, desperté de repente y no tuve otro remedio que coger un papel y escribí:

> "Mi espada es mi pluma,
> mi escudo un papel,
> armas con las que lucho
> por el honor y la libertad.
>
> Bendita seas pluma
> que regaste con mi sangre
> mis sueños y mis pasiones,
> mi esperanza y mi vida.
>
> Y bendito seas papel,
> testigo para lo eterno
> de la sangre derramada
> que salió de mi tintero.
>
> Ahora recordarte quiero,
> que os serví y me servisteis,
> en la tierra y en el cielo,
> que es lo que queda luego".

— ¡Madre mía Alex! sigues siendo aquel poeta de siempre, de cualquier cosa hacías un poema. Pero esto sin duda tiene mucho fondo, mucho calado, verás que ya utilizo un lenguaje propio de ti, de un marinero… calado. Ja, ja, ja.

—Calado, sí, palabra de numerosos significados Elisabeth, desde la labor o adorno en una tela, papel, madera o metal que consiste en una serie de agujeros formando dibujos, hasta la profundidad que alcanza en el agua la parte sumergida de una embarcación. Por no hablar de otros, mojado, empapado, o pillado, descubierto, cuando decimos que "Te he calado".

Elisabeth escucha con atención las parrafadas de su poeta, le parece estar en una nube que fue su vida junto a él.

—Estamos llegando Alex, ¿percibes el olor, ese que dices a salitre? Ja, ja, ja.

—Ya lo creo, hace rato, no he dicho nada porque pensarás que estoy… ¿cómo decías tú? "Com un llum…". Sí, una expresión que no tiene traducción, es exclusiva del idioma catalán.

— ¡I tant! Ja, ja, ja. —Ríe Elisabeth.

—Mira, esta sí tiene traducción. Señala Alex.

Ambos ríen, un aura de felicidad los abraza como hace mucho tiempo no lo hacía.

La nostalgia y la soledad son los mayores enemigos del individuo, sin bien es cierto que a todos nos gusta en ciertos momentos de tener esos espacios de soledad, no es menos cierto que la soledad cuando se adueña de nosotros nos oprime, nos invade y no es soportable.

—Alex, mi amor… estamos en casa.

— ¡Madre mía Elisabeth!, no me lo puedo creer. Todavía recuerdo cuando vinimos por primera vez, de inmediato supimos que era nuestro sitio, y casi nos quitan la opción, era una golosina para cualquiera y a un precio asequible. Más tarde supimos que en realidad no sabíamos nada del lugar, y cual fue nuestra sorpresa al darnos cuenta que a pocos metros estaba el mar. Nunca imaginé que esa población tocase al mar.

—Sí cariño, y además conseguimos una casa con piscina. Era una exigencia irrenunciable para mí, y casi pierdo la esperanza, los precios eran desorbitados cuando había una piscina. Pero lo conseguimos y aquí está.

— ¡Qué maravilla Elisabeth! pero bueno… si tienes las plantas preciosas, no me digas que hablas con ellas… ja, ja, ja.

—Por supuesto que lo hago, me lo enseñaste tú, desde entonces no se secó ninguna.

—Los geranios de la ventana están espléndidos, te empeñaste en que fuesen de color rosa, y rosa fueron. Sería por aquello de "El amor s´hi posa" ¿No…?

—Y tanto, y así fue… el amor siempre estuvo en esta casa Alex.

Ambos habían diseñado y decorado aquella casa con sus propias manos, el exclusivo talento para la decoración de Elisabeth y la mano de obra del poeta, que además de ser diestro con la pluma, también dominaba los taladros, los destornilladores y demás herramientas que dibujaron un espacio que dentro de un cierto minimalismo, conseguía formar un conjunto armónico y atractivo. Tuvieron como no, sus problemas, empezando por la odisea de un sofá, argumento para un relato, pero no corto no, un largometraje hubiese podido hacer de eso. Por no hablar del vecino, éste no parecía ser tan acertado con la tornillería, pues atravesó nuestra pared con unos tornillos propios para sellar la estanqueidad de un submarino. Pero nada que no se pudiese arreglar, como todo lo material, distinto es lo inmaterial, eso es más difícil.

Alex sale a la terraza, era un vergel, no un bosque, un vergel en todo su esplendor, y desde allí recuerda cuantas veces se inspiró con aquellas hermosas vistas para sus poemas y escritos.

Sin duda era el reflejo de aquel hotel favorito de ambos, un castillo en la cima de un monte pero en plena ciudad. Desde aquella terraza Alex veía nadar a su queridísima esposa en la piscina, tal como soñó en más de una ocasión en el hotel del castillo.

Cuando un sueño se hace realidad, se materializa, parece un milagro. Los milagros parece ser que no existen dicen, pero cabe preguntarse si es así o no. Lo que sí parece un milagro es que Alex y Elisabeth puedan revivir esta sensación de estar juntos de nuevo.

—Alex, mi amor… sírvete una cerveza, está en el frigorífico. Voy a bajar a la piscina a darme un chapuzón, hace un calor terrible.

—De acuerdo.

Alex se sienta en la terraza, desde donde puede ver y observar ese pinar y percibir el suave trinar de las aves, es terrenal, algo que para él es sentirse vivo.

Pero surge un inconveniente, ¿Cómo explicar a vecinos y conocidos que está ahí? De qué forma se puede argumentar que alguien regrese desde… ¿a saber de dónde?

Bueno, la discreción será una aliada, tal vez piensen que regreso de Méjico, todos sabían que tenía intereses allí, o tal vez crean que hubo una separación, nadie preguntó nada, solo dejaron de verme. Por su parte Elisabeth tampoco dio ninguna explicación, nadie se la pidió. Desde luego es una paradoja, pero la sorpresa es un factor que acredita su definición.

—¡¡¡Alex!!! Aquí… aquí arriba… —Grita desde el balcón un vecino.

—José… hola vecino, ¿qué tal? —Responde Alex ligeramente aturdido por el espontáneo y a la vez naturalidad del saludo.

—Hacía días que no te veía por aquí. —Exclama José.

—Días dice… —Piensa Alex., pero le sigue el juego. —Sí, sí hace días vecino.

Desde la piscina Elisabeth saluda con la mano a Alex, y éste le devuelve el saludo. Al mismo tiempo saluda a José y observa la situación, parece no extrañarse de la presencia de Alex. Algo sobrenatural está sucediendo, no es posible que no exista esa extrañeza. Más tarde preguntará a Alex cómo puede ser eso, y veremos que puede contestar, ya que él es el primer sorprendido.

— ¡Vaya! Veo que te has acordado de mí. —Exclama Elisabeth al ver un vermut con hielo y limón en la mesa de la terraza, costumbre de Alex cada vez que la veía volver de la piscina.

Cuántas charlas, cuántos momentos vividos en aquel bello paraje. Sus miradas se entrelazan, sus ojos son cómplices, siempre lo fueron, él leía sus ojos, pero ella había aprendido a leer también los de él.

—Prepararé un pollo al horno. —Dice Elisabeth.

Aquel horno también tiene historia, fue un sustituto de un microondas. La limitación de espacio en la cocina no permitía más elementos. Era de esas cocinas americanas con un office que daba al salón, recibía la luz natural a través de él.

El salón donde destacaban los blancos, poseía unas estanterías donde estaban todos los libros que ambos escribieron a lo largo de su extensa vida literaria.

El sofá, blanco también, no era aquel de la odisea, no, aquello acabó mal, éste fue comprado en una tienda de muebles, no a través del sistema "on line" de nefasta experiencia para ellos.

Este es el país que a caballo de la modernidad, de la tecnología y por supuesto de la ineptitud, ofrece lo que difícilmente puede consolidar. Pero eso es harina de otro costal.

———————

CAPÍTULO 8

Un paraíso.

Alex acomodado en su terraza recuerda bellos momentos, ahora le viene a la memoria un escrito de Elisabeth que le causó una gran satisfacción.

Decía así…

"Alguien me dijo una vez…

"Te darás cuenta que llegaste al paraíso".

No es que desconfiara de sus palabras y menos aún de por quién las mencionó… pero hay que reconocer que para mis oídos escuchar tal afirmación fue una explosión de emociones sin sentido. ¿Qué era para él llegar el paraíso? y lo más importante, ¿qué es para mí llegar al paraíso?

No quise entrar en detalles, acepté su regalo en caricias de letras y las guardé en un cajón, como aquellos regalos que de primeras no le encuentras utilidad, pero con el tiempo tal vez los recuerdes y hagas usos de ellos.

Alguna cosa quedó grabada en mí, eso es cierto, porque anoche decidí enmarcar y colgar en mi recibidor un pequeño poema escrito por un maestro de letras, "T'attendrai au paradis".

En mi interior anhelaba reencontrarme por fin con él, un flamante paraíso.

Ya solo por mi entorno podía intuirlo, pero lo que no esperaba hoy, era poder ver, oler, tocar… un auténtico Paraíso, y sí, lo escribo en mayúscula porque no puede ser de otra manera.

La belleza de la naturaleza en todo su esplendor a tan solo cinco minutos en coche de mi casa.

Claro que mis piernas han tenido que trabajar hoy un poco, hora y media adentrándose por caminos rocosos, contemplando un escenario hermoso, han dado como resultado la mayor gratificación a días de incertidumbre.

Un Paraíso sí, que tiene un nombre Alex, el de un poeta, el hombre que está haciendo de mí renacer.

Increíblemente agradecida por tanto amor y empeño en devolverme la vida.

Por regalarme su amor y aun siendo inconsciente de ello, por regalarme el mayor Paraíso de la tierra, un mar rodeado de montañas y paz.

Te quiero".

—Alex, si te apetece a la tarde podemos ir a los acantilados.

—Ja, ja, ja, ¿A los acantilados?

—Sí, ¿por qué te ríes? —Pregunta ella extrañada.

—Por nada, es que me he acordado de algo.

— ¡Ah! pensaba que había dicho algo raro.

—No, no cariño, son cosas mías. —Responde Alex, y es que aún recuerda a su otro yo con eso de los acantilados.

—Elisabeth, ¿te has parado a pensar qué es un acantilado?

— ¡Hombre!, pues sinceramente, no.

—Pues es muy interesante, un acantilado es algo que está cortado vertical o casi verticalmente, un precipicio, un abismo. Pero cuando nos referimos a un acantilado, pensamos en el mar, sin embargo también lo es un barranco, un despeñadero. —Como casi siempre Alex le saca punta a todo.

—Bueno pues vamos al despeñadero, como quieras. —Responde sonriente Elisabeth.

Para Alex las palabras tienen valores intrínsecos, esenciales y propios. Va más allá de las definiciones. Como intrínseco es el lenguaje de un poeta, pues sus palabras salen de su interior, de lo más profundo de sus pensamientos. De todas formas lo extrínseco, es decir, lo externo puede influir, modificar determinados pensamientos e incluso determinados sentimientos. Alex recuerda siempre aquellas palabras que sentaron un precedente de gran importancia para él, y salieron de boca de la persona que amó. "Los sentimientos pueden cambiar". Nunca olvidará eso, para él era algo inconcebible, pero hoy no.

Ya en el acantilado ambos se miran, tienen la misma sensación, les recuerda aquel balcón del mar. Allí cambió su vida, allí empezó todo de nuevo y claro…

—Alex… ¿Pensaste alguna vez en que todo pudo acabar entre nosotros?

—Sabía que estabas pensado en eso, pues no, nunca tuve esa sensación, tampoco estaba seguro de nada, es cierto que pudo pasar, pero era impensable para mí.

—Pues yo sí lo pensé. —Responde Elisabeth. —Por cierto, tengo una duda. ¿Por qué cambiamos aquel final? me refiero a Aura de Mujer, fui yo la que parecía morir, sin embargo quien se fue fuiste tú. ¿Consideras una premonición lo que escribimos en Simplemente Tuya?, ¿era en realidad lo que iba a suceder?

—Elisabeth, la literatura se nutre de dos parámetros, uno es la ficción que campa a sus anchas para atraer al lector y otra es la realidad, que en ocasiones supera ampliamente a la ficción, eso es cierto. Aquel final de Aura de Mujer era del todo inesperado, y ficticio, no pretendía más que sorprender al público. Simplemente Tuya era una obra basada en una realidad empírica y plagada de esa prosa que enamora al lector. La diferencia está en que en una sorprende el argumento y en la otra el propio estilo literario.

Después es el propio lector quien decide lo que pudo o no ser real.

—Entendido, me encanta cuando ejerces de maestro.

—Por cierto, no te dije que estuve en Cádiz, de allí partimos con el Aura, el velero ahora es propiedad del dueño del bar La Terraza.

—No me digas, ¿has navegado a bordo de Aura? —Pregunta asombrada Elisabeth.

—Desde Cádiz hasta… bueno, es largo de explicar, hasta Galicia, después llegué a Salamanca, poco a poco te iré explicando cómo fue todo.

—Pues me dejas intrigadísima.

—Igual que estuve yo durante todo ese viaje, sin saber realmente adonde ni a qué iba. —Alex responde encogiendo los hombros.

—Bueno, lo importante es que estás aquí, y tú no escapas más de mí. —Replica de forma inquisitiva ella.

De nuevo sus miradas entrelazadas y una sonrisa que ilumina sus rostros y hasta parece que el sol está más brillante que nunca.

— ¡Mira! Se me acaba de ocurrir un idea.

—Sorpréndeme Elisabeth. ¿Qué idea es esa?

—Escribir una novela, sí juntos, como antes.

— ¡Vaya! ¿Dónde habré oído eso yo antes? Ja, ja, ja, —Responde Alex con una gran carcajada.

Y es que así empezó todo, a esas palabras le siguieron lo que más tarde se convirtió en su historia de amor. Una historia que plasmaron a lo largo de sus vida en novelas, relatos y como no, en poemas que surgían de forma natural y espontánea de sus mentes de literatos.

—Pues no te digo que no. Es una buena idea, y sabes qué… podríamos recuperar aquel viejo título que nunca vio la luz, ¿recuerdas? Un nuevo amanecer, si teníamos hasta la foto de la portada. —Alex toma impulso, se siente animado.

—Es cierto, y era preciosa, aquella vista del mar desde un escritorio para dos. Lo recuerdo perfectamente. —Señala Elisabeth.

—Vamos, por mí, cuando quieras nos ponemos manos a la obra.

El poeta nunca dejó de escribir, pero jamás volvió a hacerlo de la forma como lo hacía con ella. Al abrigo de la soledad los poetas se encierran en sí mismos, no en vano la denominan su fiel e infalible musa perpetua. ¿Quién se atreve a escudriñar en la mente de un poeta? Elisabeth sí, lo hizo una vez y lo volvería a hacer.

—Volvamos a casa Alex, me está entrando frío.

— ¿Frío? estamos en agosto ¿no te encuentras bien? —Pregunta Alex con cara de preocupación.

—Me encuentro mejor que nunca amor mío, debe ser la emoción. Quiero estar contigo en nuestra casa, los sentimientos me desbordan, no sé cómo he podido vivir todo este tiempo sin ti.

—Está bien, vamos a casa sí, yo tampoco concibo estar sin ti, ni aquí ni en ningún lugar.

Ambos se funden en un largo abrazo, el contacto y la fragancia de su piel embriaga al poeta que suspira profundamente. Y abrazados como si temiesen que algo les pudiese separar se dirigen a lo que ellos han llamado su Paraíso, su hogar.

—Alex cariño, no sé si debo preguntarte esto, porque sabes que me asustan todas esas cosas del ocultismo, sin embargo, me muero por saber ¿qué hay… qué existe además de lo que conocemos?

—Querida Elisabeth… el ocultismo es una cosa y lo que tú quieres saber es otra. Desde que el mundo es mundo, que es una forma de hablar, porque no sabemos en realidad cuando fue eso, pero desde que tenemos conocimiento de ello conocemos dos fuerzas a las que llamamos el bien y el mal. Y en realidad ni una ni otra son más o menos lo que esperamos de ellas, pues son fuerzas opuestas, ni más ni menos, como los polos positivos y negativos del magnetismo o de la corriente eléctrica, no puede existir el uno sin el otro.

Eso es lo que he llegado a comprender desde una atalaya, desde un punto elevado diría, pues solo desde la distancia se puede observar la perspectiva de las cosas.

—Qué interesante amor, explica… explica.

—Sí, sí, ahí voy… Como digo, cuando hablamos del mal no podemos evitar hablar del bien ya que no existe uno sin el otro. Esto nos conduce a una dicotomía de carácter ético, moral y de cómo se construye lo subjetivo. Sin duda conocemos fenómenos personales, sociales e históricos donde aparecen asesinatos, violaciones de toda índole, guerras, genocidios y todos aquellos actos que se caracterizan por poner en juego lo siniestro; es decir, la perversidad propia del ser humano.

Generalmente lo atribuimos a la alienación, a una cierta locura que nos hace elegir una de las fuerzas que pueden dominar el mundo.

El ejemplo más claro y diríamos moderadamente reciente es el genocidio nazi, protagonizado por abrazar las fuerzas mal. Dicen que fue un impresentable y alocado ocultista británico quien afirmó que había entrado en contacto con una fuerza suprema que dominaría el mundo.

Aquí aparece otro concepto que modestamente considero más acertado, la luz y la oscuridad. El movimiento nazi sin duda eligió la oscuridad, no hay más que ver su simbología, los uniformes negros de la Gestapo, con calaveras como acariciando los restos óseos como reliquia. Y sobre todo la adoración de su líder al llamado sol negro. No es el único ejemplo, sin duda hay muchos más a lo largo de la historia, incluso hoy día, tema que no voy a destacar ni a desarrollar, está claro.

Pero sí, históricamente se ha abordado la cuestión del mal tratando de fundamentarlo desde una fuerza diabólica sobrenatural o, por lo contrario, formando parte de nuestra estructura genética. Cuando se plantea eso del fenómeno genético, aparece siempre el planteamiento de la posibilidad de que seamos parte de otros seres que vinieron de otros mundos, otras galaxias, pues coincide en el tiempo con la aparición masiva de fenómenos ovni (1947). Indudablemente no es así, pues la luz y la oscuridad o el bien y el mal existen desde mucho antes.

Aunque el mal y el bien todavía siguen teniendo aspectos teológicos asociados con la fuerza del Demonio y de Dios. Por eso parece necesario creer en que su posibilidad es propia de la condición humana que debe dar cuenta de una subjetividad construida en la relación con las diferentes culturas.

El caso es que las poderosas fuerzas malignas externas seducen, conjuran, corrompen o avasallan al individuo, llevándolo a cometer actos perversos. Este es uno de los argumentos más antiguos de las religiones para explicar la naturaleza del mal.

De aquí surge la idea que sostenía Juan Jacobo Rousseau y todos los que pretendieron construir sociedades utópicas.

Rousseau afirmaba que "el ser humano es naturalmente bueno ya que su maldad proviene de las injusticias de la sociedad".

—Vida mía… creo que te estoy aburriendo con esto, mejor será dejarlo para otro momento.

—De ninguna manera, al contrario, pues no tenía yo ganas de escucharte. Eres una fuente de conocimientos. —Sostiene Elisabeth.

—Bueno, no, no es eso, es que he leído mucho, eso es todo. Está bien, entonces sigo…

—Sí, sí, sigue… sigue.

—Pues mira, muchos piensan que hay solo fuerza en el mundo, la fuerza del bien y no entienden por qué existe la fuerza del mal.

Y la realidad es que sí existen las dos y están en lucha constante entre ellas, luz y oscuridad, entre destrucción y construcción, y ese conflicto nos acompaña a lo largo de la vida.

Aunque en realidad no es un conflicto. Son que fuerzas opuestas, más y menos, atracción y repulsión, luz y oscuridad.

Sin las fuerzas opuestas, la vida no podría existir, no habría metabolismo en los cuerpos vivos, no habría conexión entre las partículas fundamentales ni entre los cuerpos en el espacio, conectados en un todo.

La vida se basa en el encuentro entre fuerzas y flujos que se unen en la que los conecta. Operan dos fuerzas opuestas y de su equilibrio nace la siguiente fase de una nueva vida.

Todo sucede por la correcta integración entre las dos fuerzas opuestas. Sin ellas, no hay desarrollo ni vida. Y sin esto, el universo no podría evolucionar .Todavía es más complejo en el mundo vegetal y animal.

En el cerebro y la percepción humana a todos los niveles, hay un escrutinio complejo de la definición de bien y mal. Nuestro intelecto se basa en un escrutinio constante de la lucha entre fuerzas opuestas y en la búsqueda de una forma de conexión que nos dé el máximo beneficio.

Los desastres naturales, solo los percibimos porque los medimos con respecto a nosotros. Sin embargo, de hecho, todo el universo, el mundo, los niveles inanimado, vegetal y animal avanzan bajo la influencia de las fuerzas positivas y negativas que operan entre ellos y promueven su evolución. Magnetismo.

La pregunta es ¿Por qué todo está bien hasta que llegamos a lo humano? Si las fuerzas del bien y del mal, como las llamamos, las conociéramos y el programa de la naturaleza y protegiéramos el equilibrio entre las fuerzas positivas y negativas, viviríamos en paz y tranquilidad.

El problema es que el ser humano tiene libertad de elección. Elige, según su deseo, el equilibrio entre las fuerzas positivas y negativas y aquí se revela el origen de nuestra arruinada naturaleza, porque tomamos decisiones a favor de lo agradable y cómodo para nosotros, en lugar de tomar la decisión correcta.

Estamos más interesados en lo rentable que en la verdad. Así, forjamos un camino retorcido que intermedia entre la fuerza negativa y positiva, que para el desarrollo la evolución, debe ser igual y su integración correcta. Sin embargo, constantemente buscamos lo agradable para nosotros a expensas de los demás.

Finalmente, somos parte de la naturaleza integrada y debemos mantener la armonía general con el mundo inanimado, vegetal y animal, evolucionar junto con la naturaleza, en la misma dirección. Si junto a la libertad de elección, protegiéramos el equilibrio y la armonía entre las dos fuerzas, evolucionaríamos correctamente.

La vida material, es decir, la vida dentro de nuestro cuerpo en el nivel animal, con lo requerido para nuestra existencia, alimento y familia, subsistiría, de forma equilibrada, en el estado en el que debe estar. Y usaríamos nuestro egoísmo para equilibrar las dos fuerzas opuestas y elevarnos al nivel espiritual, a la vida espiritual.

—Magnífico argumento Alex. —Eso sí… menos mal que te habías comido ya el pollo al horno, porque si no estaría en el plato y helado claro. Gracias mi amor.

—Gracias por qué vida mía. —Pregunta Alex.

—Por ser como eres, formas parte de este paraíso, así lo veo yo.

———————

CAPÍTULO 9

Un nuevo amanecer.

 Ningún amanecer es igual a otro, hay amaneceres luminosos, lluviosos, tristes, alegres, tormentos o simplemente nuevos.

Despertar a una nueva realidad es siempre ilusionante, despertar a la vida es un nuevo amanecer. Y bien cierto es que ese tenía que ser el título de uno de sus proyectos más ambiciosos, tal vez forme parte de eso a lo que llamamos asignatura pendiente.

Alex le da vueltas a la cabeza, mide riesgos y evalúa posibilidades. Enseguida le viene a la mente un antiguo escrito, busca en sus archivos de la memoria, de la memoria de su ordenador, claro está, la suya es mucho más limitada.

— ¡Ah! Estás aquí… —Exclama al encontrar el viejo escrito.

"Pienso en un amanecer que un día llamé "Un nuevo amanecer" y que nunca fue libro, para qué, si el nuevo amanecer es nuestra vida. Una mujer a mi lado, pero no cualquier mujer no, mi mujer. Madrugadora, intrépida y viajante matutina que esperaré con un desayuno de cine. Me desperezaré soñando con tostadas calientes, mermeladas, café y bollería, sí bollería de la sana. Kilos y kilos de energía. En una hora habré escrito ya diez poemas, o tal vez ninguno, pues nuestra relación ya es un poema de amor en sí misma. ¿Quién sabe? tal vez sea esa historia jamás contada de un amor verdadero. Tal vez sea una puerta hacia la libertad y la felicidad plena.

Pienso en una mañana de verano, me asomo a la terraza y veo a una sirena, mi reina nadando en su hábitat. Levanto mi mano para que sepa que estoy ahí, cerca, muy cerca, la observo, y la miro, pues solo tengo ojos para ella.

Sí, me enamoré de unos ojos, es verdad, pero también me enamoré de una princesa que hoy es reina de mi corazón.

No me equivoqué".

—Anda… y este tampoco lo publiqué… —Elisabeth, deberías ver esto, creo que tengo el arranque.

—Debemos tener cuidado Alex, porque recuerda que ha pasado mucho tiempo, revisaremos todos los textos, sabes que soy tu censura particular.

—Lo necesito y lo sabes bien.

— ¿Qué necesitas? —Pregunta Elisabeth, agarrando su mano.

—Te necesito a ti. —Asiente Alex. —Mira, esto lo escribí antes de venir aquí, era una situación de extrema incertidumbre:

"En estos momentos de máxima incertidumbre, donde no tiene cabida la incoherencia, es cuando uno se siente fuerte y los problemas tienen una solución siempre. A esto se le llama seguridad. La seguridad está en nosotros mismos, no reside en los demás.

La felicidad es ese paréntesis que brinda la vida en ciertos momentos para paliar la tragedia que supone la vida.

Sí, en efecto, la vida es en sí misma una tragedia, y nosotros los actores principales de ella. Nacer para morir ya es un indicio de ello, ese camino es lo que podríamos denominar "calvario", o por qué no, purgatorio.

Pero la vida es algo más, vivir la vida de otros no es vida, pues es eso, la de otros. Parece un planteamiento egoísta, sin duda, pero cuál no lo es.

Cerrar el telón de una obra que no fue escrita para nosotros es como cerrar los ojos y abrirlos de nuevo, para un segundo acto. Una segunda oportunidad, un desafío a la torpeza y al dictado por decreto.

A grandes males, grandes remedios. La frase identifica que la cobardía es la antesala del desastre y en cambio la osadía de vivir plenamente es valentía de vivir.

Las puertas del infierno están siempre abiertas, pero también lo están las del cielo, solo hay que elegir.

Yo elijo tu vida como parte de la mía, ese cielo que un día podría ser un infierno, pero algo me "seduce", me inspira a seguir un camino que me haga acariciar eso que llamamos felicidad.

No son buenos tiempos para las letras, pero cuándo lo fueron. Nunca, sin embargo nos atrae, nos fascina ese otro mundo donde navegar con nuestra nave de los sueños y de las fantasías.

No hay persona más abstracta que un servidor, y al mismo tiempo más empírica, formal y cabal. Tal vez me estoy haciendo viejo, tal vez. Muchas muescas en la culata, muchas grietas en el corazón de un pensador loco. Ayer alguien me calificó de escritor del amor, es curioso, jamás nadie me dijo eso. Tal vez he sido capaz de transmitir a alguien eso. Ya sabes a quien me refiero, sin duda".

—Ya lo creo, lo recuerdo, fueron momentos difíciles, parecía estar todo en contra nuestro. También es cierto que nos dábamos fuerza el uno al otro. —Elisabeth recuerda que fueron decisiones trascendentales.

—¡¡¡Caramba!!! Este fue el primer escrito que hice aquí…

"Se hace siempre difícil asimilar que un sueño se haya convertido de una realidad. Las realidades están basadas en cambio en los sueños. El ser humano no es más que el sueño de algún dios.

El edén casi siempre es como el jardín prohibido, como la panacea de todo lo cura.

Y allí hay un jardín plagado de ilusión y esperanza.

La suerte no se tiene, hay que buscarla, sí la luz es el camino y sobre todo la ilusión. La compresión existe, pero es escasa. No sé bien a quién te refieres cuando dices que alguien ha tenido comprensión.

Los geranios como todas las plantas tienen su simbología. El geranio tiene muchos significados en el lenguaje de las flores y plantas: el geranio color rojo fuego quiere decir «te prefiero»; el geranio rojo oscuro significa melancolía; el geranio rosa expresa preferencia por una persona; el geranio hiedra significa propensión por relaciones estables.

Es por eso que elijo geranios para nuestra ventana. Y puede que de dos colores. Rosa y rojo.

En realidad las plantas son una excusa, el mejor jardinero quiero ser sí, pero de mi rosa más hermosa, tú. Las plantas no son envidiosas y entienden de amor. Ya lo verás. También entienden de lo contrario.

Esos libros son la esencia de nuestro amor, deben tener un sitio de privilegio, son el vínculo que nos unió.

No todo son regalos carnales, hay otros que desencadenan placer, ya lo ves. Verte emocionada es para mí un gran placer.

El mar en este lugar es como esa salida de todo lo anterior, dudo que mucha gente conozca este entorno, y eso es bueno. Me encanta este lugar. Y puede ser un escenario de inspiración, sin duda".

—Lo hice aquí mismo, sentado en la terraza, tú me observabas y en tu rostro pude ver la felicidad. —Comenta Alex.

—Fui muy feliz Alex, y ahora me siento igual de feliz, tú me necesitas, pero es que yo te necesito a ti para poder vivir.

—¡¡¡Buenoooo!!! ¡Madre mía! aquí estaba yo con uno de esos bajones míos. Ja, ja, ja. Este mejor no lo veas Elisabeth, me lo harás borrar. —Se trata de aquellos escritos que surgen en momentos de incertidumbre, de no estar seguro de la elección de un camino. Afortunadamente se disipan con la intervención de grandes dosis de cariño.

"Sabe Dios que no miento si digo lo que digo, y un estado de ánimo no puede disimularse, especialmente cuando uno se siente solo. Y yo me siento muy solo".

Las cadenas de un ancla son más fuertes que las estachas de amarre de un velero, y no hay viento que empujen las velas y arrastren con esa ancla.

Mucho me temo que la felicidad que anhelamos solo es una ilusión, tus cadenas son tus hijos y tu ancla es la que te ata a algo de lo que difícilmente te podrás desatar.

Por mi parte, he cumplido mi palabra, el objetivo está conseguido, pero de eso a un futuro estable lo veo como una quimera inalcanzable.

Es un laberinto, un juego donde las cartas no repartimos nosotros, me estoy dejando llevar y las consecuencias serán irreversibles. Esa costumbre que tengo de cumplir todas mis promesas me conducirán al desastre, y eso no es navegar, es zozobrar en mareas tormentosas.

Tal vez mañana lo vea de otra forma pero hoy lo veo así.

—Hablabas de cadenas, interpretabas que mis hijos entonces niños aún, me absorberían. Es la primera vez que noté en ti un amago de egoísmo. Entendí que se trataba de que me querías solo para ti. Te pedí paciencia, sabía que el tiempo y las cosas bien hechas nos conducirían a llevar adelante nuestro gran proyecto. Y así fue querido, logramos esa estabilidad, esa de la que hablabas antes la conjunción de fuerzas el equilibrio de la luz y la oscuridad.

—Es cierto Elisabeth, mis reacciones son a veces difíciles de entender, me muevo en eso que tú llamabas montaña rusa. Es la radicalidad, el todo o nada.

Por eso escribí: ¿Qué más quieres de mí?

"En ocasiones me parece que no lees mis escritos, mis lamentos o puede que no interpretes el sentido de mis palabras.

Hablaba de los intereses creados como variante a los intereses legítimos.

El amor no es un interés creado sino legítimo, y esa es la interpretación.

La capacidad de interpretar es la clave para afrontar valores sentimentales. Es por eso que mi análisis se convierte en un cúmulo de sensaciones que a veces se hacen inteligibles.

Ya quisiera yo estar en un error de cálculo, pero todo apunta a que no.

La libertad y la independencia son valores e intereses legítimos y por eso he luchado por ellos para ti. Ahora lo que toca es esperar el respeto por parte de quien no cree en esos valores y eso nos mantendrá anclados en un futuro incierto".

—Alex, cariño… no debes ocultar nada, todo forma parte de nuestra vida, y si realmente queremos plasmar eso, debemos incluir la cal y la arena. —Exclama Elisabeth.

—Sinceramente Elisabeth, creo que has cambiado, en otro momento no hubieses hablado así, querías que todo fuese idílico, que nada turbase nuestra relación, como un cuento de hadas. Sin embargo ahora eres más objetiva, más realista.

—Bien, así es, pero Alex, no entremos en ese tema de la objetividad, porque sabes perfectamente que lo abstracto es siempre subjetivo. Son palabras tuyas, no lo digo yo.

—Tranquila, tranquila… Ja, ja, ja.

— ¡Vaya! aquí hay algo más. No me gusta recargar las novelas con poemas, lo encuentro fuera un poco fuera de lugar, pero…

"El que fue poeta de la noche,
aquel que alargaba el día
para esquivar con derroche
la oscuridad, ¡madre mía!

Ahora es contable de noche,
arquitecto, cerrajero de día
para ti, solo para ti, vida mía.

Pensador en cada amanecer,
amante, estudioso del amor,
pero eso solo fue ya ayer.

Hoy es experto en patrimonios,
gestor de los quereres, temor
acuciado por los demonios".

—Recuerdo haber escrito esto en aquellos momentos donde las dificultades económicas nos apretaban el cuello, cambié las letras por los números, algo que me desagrada.

—Lo pasaste mal, me sentí responsable de ello, incluso llegué a pensar que te había arrastrado yo a esa situación. —Afirma Elisabeth sensiblemente afligida.

— ¡Vamos! Olvida eso, está claro que nadie me arrastró a nada, fui yo quien tomó decisiones y hoy puedo decir que acerté. No debemos hacernos responsables de las decisiones de otro, las libertades se basan en eso, en la posibilidad de elegir, acertada o desacertadamente, pero elegir.

— ¿Entonces, va en serio? quieres lanzarte a escribir conmigo de nuevo, ¿Es así?

—Bueno, estoy evaluando un poco, porque sabes que si empiezo un trabajo, luego lo termino. Tampoco es cierto, porque este lo inicié y en cambio no fue así. Pero nunca es tarde para retomar un proyecto, ¿No crees?

—Nunca es tarde. —Responde Elisabeth. — ¡Ah! ese poema lo recuerdo yo, en realidad recuerdo muchos, todos no, eso es imposible, pero ese sí, porque también me recordó a "Un nuevo amanecer".

Parece ser que hay una decisión clara por parte de ambos, tal vez sea una forma de sentirse aún más vivos, si es que eso es posible.

De todas formas deberán consensuar algunos aspectos, Elisabeth sabe perfectamente coordinar y evitar esos textos que pertenecen al lado perverso, a estados de ánimo negativos que todo poeta tiene periódicamente.

—Mira Elisabeth, aquí fue cuando desaté mi ira contra la tiranía, en todas sus vertientes, recuerdo todo aquello de las mujeres florero y del servilismo como única respuesta a la tiranía:

"Un día para disfrutar de las labores gastronómicas. Desayuno, almuerzo, comida, merienda y cena. Y por qué no algún tentempié entre horas. O sea que cada tres horas un turno de cocina, ni en los mejores restaurantes. Cucharita, tenedor y cuchillo... nada de platos de campaña. Mantel y servicio completo y que no falte nada, sino a por ello, pero aquí no esperan a nadie. Claro que después viene el agradecimiento y los reconocimientos. Una delicia, vamos la felicidad plena.

La tiranía siempre implica la vejación, el descrédito y es la esclavitud en sí misma.

Pero si nos fijamos bien, lo que hacemos no es ni más ni menos que eso. Lo que dicta el tirano de turno.

¡¡¡Ponga un hombre en su vida!!!

Protección, amparo, bienestar y seguridad.

Pero líbrese de poner un tirano, eso no, pues es una fábrica de lo mismo, se multiplican más que los conejos. Se infectan, se les hincha la cabeza y no valen ya para nada, ni para el consumo.

Lábrese un porvenir, porque el legado de un pasado de siembras en tierra erala es ruina absoluta. Siembra y recogerás, qué bonito, pero claro ha de ser en tierra fértil. En el desierto solo hay arena, y espejismos".

—Está claro que hice uso del arma de la ironía, no solía hacerlo, salvo en determinados momentos puntuales. La ironía es querer dar a entender algo que no es lo que se ve. Nada que ver con el sarcasmo, sin embargo en ocasiones se utilizan ambas palabras como sinónimo, craso error, pues el sarcasmo incluye la burla, el descrédito y muchas veces la ofensa. Tal vez sea la razón de que evite el uso excesivo del recurso literario de la ironía. Nada más lejos de mi intención que ofender a nadie.

—Alex cariño, tus lectores te conocen, saben que tus escritos pueden ser reivindicativos, pero jamás ofensivos.

—Precisamente aquí aparece uno donde plasmé aquello que hablábamos, lo de los intereses humanos. Fíjate Elisabeth…

"Qué más quieres de mí si te lo he dado todo. El futuro siempre es incierto pero se estructura en base a un presente que ha de sembrar una realidad que está por venir.

Sí, es el porvenir, eso que a veces nos angustia y nos asusta. Pero solo nosotros somos dueños de nuestro futuro y nadie más. La vanidad es una falsedad interna, un estar ciego al mirarse en un espejo, un engaño a sí mismo. Los valores objetivos son los que son, nada disfraza la verdad con mentiras, nada desajusta la razón de lo justo. El deseo es una trampa mortal, y un desafío a la coherencia en muchas ocasiones. Mirar hacia otro lado es no querer ver, pero eso no anula la verdad objetiva, al contrario la hace resurgir con más fuerza.

"Los intereses creados" La magnífica obra de Jacinto Benavente, habla de creación de intereses, algo impropio de un humano.

La creación es tarea de dioses o en su defecto de artistas. Leandro y Crispín, buscavidas que pretenden abrir las puertas de una sociedad cerrada. La mentira por escudo, el engaño por espada.

La falsa realidad es un interés creado, una hipoteca con vencimiento a corto plazo, una deuda con uno mismo".

—Sencillamente espléndido Alex, no sé de donde sacas tanta capacidad y lo curioso es que muchos de esos escritos quedaron en el cajón, olvidados…

—Olvidados para nosotros, pero no para la memoria del ordenador. Me pregunto qué sería de un escritor hoy día sin este recurso tecnológico. Gran parte de sus escritos sí quedarían en el olvido para siempre. ¿No crees?

—Sería impensable, pasa lo mismo con los teléfonos móviles, ya no podemos vivir sin ellos.

—¡¡¡Ay, ay, ay!!! Mira hablando de eso, en cierta ocasión, como recordarás realmente ofendido. Fue cuando alguien me señaló diciendo que no había sabido estar en mi sitio. La verdad es que hay cosas que pueden hacer mucho daño, y la respuesta es además de imprescindible un derecho absoluto. —Alex se retuerce en su asiento, e incorpora al proyecto, sin dudarlo un instante aquel texto reivindicativo.

"Mi sitio es aquel que está al lado de las libertades individuales, de las ilusiones y de los proyectos de vida productiva y positiva, al lado de las personas de una en una, no pertenezco a ningún clan, a ninguna tribu ni siquiera a ninguna familia. Si algún día existo ahora ya no, pero nunca fue clan, ni tribu, fue familia y punto.

Los valores intrínsecos de una persona están por encima de los valores de cualquier clan o familia, son individuales e íntimos. Y esa intimidad solo se allana con otra persona de características similares. Nunca con acérrimos a un clan.

Las organizaciones criminales y mafiosas se llaman clanes, o familias, ahí está la respuesta a esto. Don Corleone, podría muy bien llamarse Don Giordone.

Mi sitio está donde pueda luchar contra la opresión del hombre por el hombre, el dictado, el sometimiento y la humillación.

Mi sitio está donde pueda abrir caminos de libertad, mucho más cuando la persona es a quien amo y viceversa.

El opresor no ama, no tiene esa capacidad aunque quiera, no puede amar, no está en su adn, el opresor somete y sino abandona, no lucha, es cobarde por naturaleza. Eso es porque se siente respaldado por su clan.

Desafortunadamente es así, Dios nos libre de un templario sin temple, de un sacerdote del diablo, de una marioneta del poder fáctico, del dinero como Dios y la miseria como religión.

Que la providencia nos lleve por los caminos de la libertad y de la sensatez, solo así lograremos ser felices.

Ese es mi sitio".

—Sin duda a veces es necesario, pero corremos el riesgo que caer en la tentación de abrazar esa línea reivindicativa y cometer excesos. Tal vez algo pudo suceder cuando volví a escribir este otro fragmento que no quedará ya inédito, pienso incluirlo en el nuevo proyecto. ¿Qué te parece Elisabeth?

—Lo considero acertado, repito… todo forma parte de un todo, y esto también… Adelante Alex.

"Mira que me gustan a mí las curvas y los escarceos, pero las de mujeres y en tentativas románticas o amorosas. Pero en cambio para lo demás me gusta lo recto, lo sólido y firme, me refiero al trabajo y a los negocios, también para el trato personal, el respeto, la compresión etc.
Es difícil sacarme de mis casillas, pero claro si insisten mucho, pues sí.
No soporto a los ingenieros de barra de bar, a los médicos de banco de parque, a las madrazas de jardín de infancia, a los maestros de todo y sobre todo a los mentirosos y traicioneros. Porque a los primeros con no escucharlos mucho ya vale, pero cuando ya te meten el dedo en un ojo, o en la nariz, entonces cambia, si te tratan de ignorante, de tonto es porque das esa imagen. La reacción es lógica, sacas tu cara de hijo puta, que todos tenemos. Y es cuando ya pasas de tonto a malo.
La burla es humillación, es la mayor de las faltas de ética y amoral, pues se identifica que no hay ningún aprecio.
Los tiras y afloja son perjudiciales, me refiero a ahora, si ya ahora no.
Yo ya no voy a enviar más mails, el próximo a de ser resolutivo. De lo contrario demostraré de verdad que soy un pánfilo, un idiota".

—Bueno, conviene calmar los ánimos, aquí tenemos un fragmento de esos de primero de filosofía. Recuerdo haber aprendido más en un curso de filosofía que en cinco años en la facultad de derecho. —Comenta el poeta al encontrar un texto de carácter filosófico y primitivo.

"Pensemos que esto es del siglo VI antes de cristo, hace 2600 años, ha llovido ya. Pero sin embargo:

El mito de la caverna de Platón en su obra filosófica La República, es una metáfora que nos intenta explicar la doble realidad que percibimos. En ella, Platón explica su teoría de cómo podemos captar la existencia de los dos mundos; el mundo sensible conocido a través de los sentidos y el mundo inteligible que es materia de puro conocimiento, sin intervención de los sentidos.

Huir de las sombras y el reflejo requiere de sacrificio, trae angustia y, a veces, hasta tristeza, porque nos enfrenta a lo desconocido, pero una vez entras percibes la existencia de manera distinta, nunca nada será igual.

Lo que es claro es que no somos conscientes de la mierda de vida que vivimos si no vivimos otra.

En filosofía, algo muy importante es saber entrar en la caverna de un filósofo, pero aún es más importante saber salir de ella.

Es decir, que en cualquier caverna vemos solo reflejos y sombras y en cambio hay un mundo de luz fuera de ellas.

—Indudablemente el mundo de la filosofía tiene un cierto carácter reivindicativo, pero en realidad lo que se plantea es que a través de las experiencias de los clásicos podemos llegar a comprender el verdadero sentido de nuestras vidas y saber interrelacionarnos con los demás.

—Está clarísimo, todavía me pregunto ¿Por qué abandonaste la Filosofía? —Pregunta Elisabeth incrédula.

—No la abandoné jamás amor mío, solo abandoné la carrera e hice uso del practicismo, no es lo habitual en un pensador, pero las circunstancias mandan a veces. Mira Elisabeth, aquí precisamente tienes la prueba… en este texto incido en una disconformidad de forma filosófica y no desde el punto de vista de la crítica del pragmatismo que mencionaba. Observa…

"Intuyo que las relaciones humanas son realmente de una diversidad sin límites, eso es así, pero en el caso que nos ocupa, se trata de una dimensión que roza la estupidez. A todos nos gustaría ser triunfadores en todos los ámbitos de la vida. Esto es harto difícil, solo los millonetti, personas que por herencia o bien por actividades lucrativas alcanzan un alto nivel de vida pueden sentir esa sensación de superioridad sobre otros. Pero resulta que aquí aparece lo que viene a ser la mayor hipocresía del ser humano en su faceta más torpe o beoda. Aparentar estar en lo alto, al nivel de los demás es la tontería más grande del mundo. Pero cuando esto sucede, lo que no tiene cabida es poner en riesgo a las personas que dependen de uno.
Es el caso que nos ocupa y que se repite cada vez más en una coyuntura de difícil solución por el momento.
Lo sensato sería asimilar nuestro status actual y buscar soluciones de calado que disminuyan los efectos negativos en nuestro día a día. Pero en ocasiones el orgullo, por otra parte infundado, nos lleva al disimulo, a dar una falsa imagen de nuestra situación real, y no solicitar ayudas que serían sin duda necesarias para ciertos momentos y sobre todo podrían paliar los daños colaterales que se producen especialmente a los menores en general y en particular a nuestros propios hijos.
Cuando abandonemos la idea de que somos triunfadores cuando la realidad dice otra cosa, empezaremos a saber manejar nuestra vida y la de los que dependen de nosotros".

—Pero en la vida no todo es filosofía, existen otros valores, otras materias que fundamentan una existencia del ser humano, a todos nos gusta filosofar, todos creemos tener algo que decir, y consideramos que nuestra opinión es la de más peso, fíjate que eso en sí mismo ya es de un egoísmo tremendo y posiblemente fruto de una ignorancia suprema. Que tan acertada aquella famosa frase: "Solo sé que no sé nada". Es la verdad más clara i evidente de cuantas frases se han podido escribir. Ja, ja, ja, ¿no lo crees así, amor mío?

—Indudablemente cariño, así es.

—Mira ahora incluiremos este otro texto que ya tiene otros matices. Y luego otro y otro, más tarde tu intervención le dará forma a todo esto, como hacíamos siempre. —Alex manifiesta un interés desbordante por el nuevo proyecto, sin duda alguna era cierto lo que afirmó tantas y tantas veces, la literatura le aportaba vida y hacerla con su amada Elisabeth mucho más.

"Dicen que el dinero no da la felicidad, pero la acerca un poco. Momentos de paz para la reflexión, para el sosiego tras los errores que nunca fueron, más nos parecen.

Calma tensa, pensamientos obscenos que nos traen malos augurios, infundadas raíces de lo que parece estar mal. El mal anda suelto por doquier, solo, aislado de todo y de todos los anhelos habidos y por haber. El mal es enemigo del amor, y enigma en nuestra memoria selectiva.

Dar la vuelta es evitar el desastre, reiniciar el camino es una buenaventura, ventura, aventura, viento nuevo en definitiva limpieza de espíritu y alimento del alma.

Amor de mis amores, no sufras por desconsuelo, que ahora pisamos suelo, pero pronto podremos volar. Las alas que estaban mojadas, se secan con el calor de un amor ardiente y apasionado, y mojado, porque mojar mojamos, pero las alas no, las alas secas para seguir volando. Es cierto, no sabemos cuándo, ni cómo, pero el camino está abierto y somos caminantes, amantes y mucho más. Que nada hay más grande que los quereres, y nada más importante que seguir queriéndose, amándose. Abrazados a la esperanza, surcamos de nuevo las aguas de nuestro mar de pasión, pues nada hay más que amor dentro del corazón de los amantes".

El final de nuestra historia no tiene misterio, Alex jamás volvió a ese lugar de donde buscaba estrellas, pues como bien dijo, su estrella estaba aquí en la tierra, por eso regresó, porque su función era la de aquel jardinero que un día intentó alcanzar un jardín en el cielo, cuando su cielo estaba tan cerca de él que no supo verlo.

Y a pesar de sus versos que muchas veces hablaban de despedida como estos que ponen punto final a esta obra… y muchos otros.

Nunca pensó en otra cosa que en cuidar a su flor, su princesa, como le gustaba llamarla, pues era la dama de su reino, el reino de las letras, de la filosofía, de los sentimientos filantrópicos y en definitiva aquello que insistió siempre en denominar el mundo de los sueños y de las fantasías.

De la que dio buena cuenta en este poema que habla de esos amaneceres….

Sin ti…

"Sin ti un amanecer
es un escenario triste,
es como si fuera ayer
cuando me dijiste...

Adiós debo irme amor
aunque no quiera...
con todo mi dolor
la realidad me espera.

Acechante cual fiera
con su fría mirada,
eso hiela a cualquiera.

Frío en el devenir
de la cotidianidad,
miro hacia el porvenir.

Usó siempre sus armas al servicio de las libertades tal como las define en este hermoso poema…

Mis armas.

Mi espada es mi pluma,
mi escudo un papel,
armas con las que lucho
por el honor y la libertad.

Bendita seas pluma
que regaste con mi sangre
mis sueños y mis pasiones,
mi esperanza y mi vida.

Y bendito seas papel
testigo para lo eterno
de la sangre derramada
que salió de mi tintero.

Ahora recordarte quiero,
que os serví y me servisteis,
en la tierra y en el cielo,
que es lo que queda luego.

———

Aquel espacio temporal, aquel plazo con fecha de caducidad no llegó nunca, sería la propia naturaleza la de un día los volvería a separar, mientras tanto, disfrutaron el uno del otro y escribieron ese "Nuevo amanecer" y mucho otros. Pues cada título era para ellos "Un nuevo amanecer", un nuevo día y muchas noches de amor.

CAPÍTULO 10

Veinte años no es nada.

Indudablemente el tiempo parece querer ser siempre justiciero e implacable, y su reflejo se proyecta a través del deterioro físico por no hablar de otros signos que albergan ese concepto denominado vejez.

Alex y Elisabeth son ahora conscientes de que la vida les ha concedido un regalo especial, una especie de reencarnación. Y es por ello que intentarán aprovechar al máximo ese tiempo que podríamos muy bien llamar prorroga.

Sentados en su querida terraza, se miran incansablemente, y surgen las primeras charlas, como antaño, esas que les condujeron a llegar a conocerse y amarse cada vez más y más.

—Alex cariño, ¿sabes que tengo en el horno...?

Piensa, piensa...

—No lo sé amor, ¿qué estás preparando? Te advierto que ya no soy el que era, ahora como mucho más ¿¡no me ves más gordo!?

—Bueno, si para ti estar más gordo es aumentar un solo centímetro de volumen, pues sí, estás más gordo.

— ¿Qué dices amor?, si casi no me abrochan los pantalones. Por cierto, ¿recuerdas uno de nuestros primeros días en casa? todavía no había traído mi pijama y me dejaste uno de tus pantalones, sí, aquellos de estar por casa, unos negros con grandes bolsillos. Era como tenerte entrelazada a mis piernas, podía sentirte.— ¡Anda ya!, no, no recuerdo. Pero mira que eres exagerado, lo eras y sigues siendo. ¿Cómo un simple pantalón, te da para tantos sentimientos?... Venga, que todavía no has adivinado el menú. ¿Qué crees qué es?

—A mí lo del horno me da igual, yo con comer junto a ti tengo suficiente, no me importa lo que coma, pero contigo.

— ¿Lo ves?, ya estás exagerando. No sabes cuánto he echado de menos tu cariñosa forma de hacerme sentir especial... Está bien, te lo diré, ¿se te ocurre mejor menú que unos canelones? ¿A qué no?

—Sigues siendo magnífica. La mejor mujer que todo hombre desearía. Y ya que digo esto Elisabeth... Dime, ¿qué ha sido de ti en estos veinte años? vives sola, ¿es qué ningún hombre ha sido capaz de enamorarte, de hacerte feliz? Dime, cuéntame. Siempre había sido consciente de mis limitaciones, y aun sintiendo que lo eras todo para mí, estaba dispuesto a perderte, a pesar de predecir mi muerte en vida.

—Mi respuesta no puede ser otra que un rotundo no. No he conocido ningún hombre que pueda sustituir tu ausencia. Pero estos veinte años han dado para mucho, sí.

¿Qué tal si luego nos tomamos un Gin?... Yo te contaré, tú me contarás. ¿De acuerdo? Déjame ir al baño y enseguida comemos.

Elisabeth se dirige pensativa al baño, en su mente ahora está esa incertidumbre que nos acecha constantemente, nos preocupa la imagen que proyectamos hacia los demás. Pero al mirarse en el espejo, su sorpresa es que no ve a una mujer que pasa de los sesenta, un escalofrío recorre por todo su cuerpo, empieza a pensar que esto más que un renacer es una regresión. Ya quedó sorprendida de la imagen de él, sin duda no era la de un anciano de más de ochenta años, pero ahora se da cuenta que ella vuelve a ser aquella hermosa dama de cuarenta y pocos que definía el poeta en todos sus escritos. Sin dudarlo un instante, enmascaró cualquier rasgo que indicara pérdida de su inmaculada belleza y quiso realzarla como lo hizo siempre para él pintando sus labios de un rojo carmín.

Mientras, Alex apuraba de un sorbo una cerveza al tiempo que meditaba sobre su nuevo status.

— ¡Elisabeth!... Qué guapa te has puesto, ¿sabes?... estaba pensando… en ese proyecto, sí, tal vez nos ayude a volver a nuestros orígenes, ¿no crees?

—Alex, mi amor, he pensado que… bueno, no quiero que creas que no me gustaría escribir de nuevo contigo, no, no, pero realmente considero que ese Nuevo amanecer te pertenece a ti, y solo a ti. Y como quiera que desconozco cómo y de dónde vienes, creo que solo tú puedes plasmar una imagen de todo eso, en realidad lo que quiero es que brilles, y que lo hagas como nunca. ¿Me entiendes?

—Intento entender sí. Está bien, brillaré, lo haré como brillan unos ojos en una despedida, como brilla la noche iluminada por la luna intentando reproducir la luz de un día, como brilla esa piedra que al pulirla vemos que alberga en su interior un diamante.

—Bueno, yo lo que quiero es que sepas que siempre estaré ahí para ti, siempre.

—Querida Elisabeth, precisamente has tocado un tema muy delicado, y lo digo por su complejidad.

La pérdida de la vida no es siempre como la entendemos, hay otras formas de dejar de vivir. Sin ir más lejos te diré que una esquizofrenia por ejemplo, en ocasiones puede ser una muerte en vida, o ¿qué te parece el concepto de muerte civil? El bloqueo ante los asuntos económicos y financieros y la imposibilidad de poder partir de cero, se considera una muerte en vida también.

Otra forma es la desesperación por la búsqueda del amor, ésta parece más de tipo romántico, sin embargo el amor no siempre significa amor a una mujer o a un hombre, nos podemos enamorar de otras cosas.

De todas formas, debo matizar un aspecto.

Cuando yo afirmaba y afirmo que soy consciente de mis limitaciones, no hablo en concreto de la edad, en realidad estoy hablando de la inestabilidad emocional, y no solo de la mía, también la de los demás.

En numerosas ocasiones dije que no se puede morir si ya estuviste muerto. Y ese es mi caso, pero claro que todo puede cambiar, incluso los sentimientos, como bien sabes, y si eso sucede hay que tener claro dónde se está. A eso me refiero al hablar de limitaciones, y no a otra cosa.

Por tanto, la verdadera muerte es ni más ni menos que la pérdida de la ilusión y la felicidad.

No voy a caer en la estupidez de decir que los valores materiales no significan nada, es absurdo decir eso en los tiempos que corren, pero la verdadera felicidad se alcanza con otro tipo de valores.

Ahora que recuerdo, no hace mucho traté de explicarle a alguien muy cercano a mí, ¡ah!, perdona no te he hablado de él, se trata de mi otro yo, no, no, no te asustes si todos tenemos ese otro yo, es lo que llamamos nuestra conciencia. Pues eso, trataba de explicarle que la vida no solo consiste en vivirla y nada más, se trata de buscarle sentido a nuestra vida.

Mira Elisabeth, sin ir más lejos. ¡Fíjate en esa planta! Ayer mismo parecía estar medio muerta, abandonada en un tiesto que en realidad es una prisión, pues su hábitat natural sería la madre tierra de verdad, donde crecer y desarrollarse.

Al rescatarla se sintió feliz, y nosotros le proporcionamos lo que necesitaba, tierra y nutrientes. En unos pocos minutos reaccionó y nos agradeció que la salvásemos de una muerte segura. Ahora luce con todo su esplendor.

Esa es la ley de la vida, amar... dar para recibir respuestas. Amar es dar vida. El amor es la fuente inagotable de la vida, lo contrario es la muerte.

La naturaleza es sabia, por su propia esencia de vejez y la vejez es un atributo, sin embargo en ocasiones es signo de inutilidad.

Y la naturaleza se basa también en la perpetuar la especie, en todos los seres vivos. Los seres humanos, que es de lo más torpe de nuestro mundo se manifiesta a través de la descendencia, de los hijos, y muchas veces se fracasa pues el ser humano está infectado de perversidad.

En el caso de un escritor, un poeta esa perpetuidad se busca a través de sus discípulos, esos que un día pueden llegar a ser verdaderos sustitutos. Es su forma de amar a la literatura.

Las raíces de aquella planta ya intentaban salir por los pequeños agujeros de la maceta para perpetuarse en tierra firme y fértil, huía hacia la libertad.

De la misma forma que ayudé a sobrevivir a la planta, un día decidí ayudarte a ti. Y eso solo es posible a través de esa fuente de la vida que he mencionado, el amor.

¿Lo entiendes?... Todo lo demás está de más.

— ¿Cómo no voy a entender eso Alex? Si me diste la mejor lección de vida que se puede dar, crees que no sé que inundaste mi vida de un amor inigualable, que lograste que me sintiese viva de nuevo como esa planta. Yo también me sentí liberada de una prisión, lo curioso es que yo misma fui forjando las cadenas de esa prisión, me sometí a lo que consideraba que era mi destino y que nunca podría cambiarlo. Perpetuarse dices a través de los hijos, sí, es cierto, viví por y para ellos, como sabes, pero me olvidé de vivir para mí. El afán de dejar esa herencia, ese legado a los hijos nos puede cegar, y olvidar nuestras propias necesidades.

—En efecto, así es. Y hablando de herencias… y hablando de escritores… Tal vez la herencia más valiosa que se puede recibir es la inspiración. Cuando un escritor se sienta ante un papel en blanco solo necesita algo para empezar a escribir, inspiración. Y es precepto se consigue de varias formas, una de ellas es la lectura de los clásicos o menos clásicos, otra la inspiración innata o bien adquirida por las experiencias vitales, y la última por herencia de un tutor o maestro. Aquí solo habría que añadir la frescura, algo difícil en ese maestro, pues es muy probable que no sea una de sus cualidades.

Si al escribir sientes que tienes algo que contar y ese algo te lo inspira alguien, entonces es cuando llega a un lector. Pues la condición humana se basa en la comunicación, y la literatura es un modo de comunicar y mostrar tus inquietudes, sentimientos o fantasías.

Digo esto porque quiero que veas que entiendo tu postura y acepto tu decisión de no escribir conmigo ese Nuevo amanecer, pero también que sepas que soy consciente de la pérdida de esa frescura de la que hablaba, solo sustituible con grandes dosis de talento literario, y eso no es fácil cuando las fuerzas flaquean, cuando sabemos que hay más camino recorrido que por recorrer.

—Amado mío, ese talento del que hablas, jamás lo perderás… despliega tus alas de poeta, ese poeta que fuiste siempre y que tu verso sea forma de comunicar de la que hablas y que inunde el mundo de tu sabiduría y sobre todo de eso de lo que sabes como nadie, de amor.

— ¡Bien, bien, bien! Así lo haré Elisabeth, me consta que tienes un proyecto por delante, algo relacionado con floreros, ¿es que quieres hacerte jardinera ahora?

—Ja, ja, ja, no me hagas reír Alex, jardinera dices… eso cuando sea capaz como tú de hablar con las plantas, ja, ja, ja.

—Ríete hermosa, que tu risa adorna este mundo plagado de tristezas, ríete de mí si hace falta, que la risa es la manifestación de alegría de las almas. Ahora, te diré una cosa, observa que también hay posibilidad de comunicar cosas sin decir ni una sola palabra, precisamente las plantas son un claro ejemplo. Y nosotros también, cuántas veces no decimos mucho solo con mirarnos a los ojos, al abrazarnos o al recordarnos en momentos de ausencia. Bueno, cambiando de tema, ¿cómo van esos canalones?, porque recuerdo aquellos que en cierta ocasión tuvimos que elaborar como si se tratase de una obra de teatro con entreactos y todo, y también recuerdo que aparecieron unos sospechosos tonos anaranjados que procedían de un tomate que desdibujaba la esencia de unos canalones clásicos por excelencia. Pero estaban muy buenos, o tal vez lo estaban porque estábamos juntos, y eso era el mejor ingrediente, un aliño perfecto para un día inolvidable como tantos.

—Sí, sí, yo también me acuerdo de eso. Y también recuerdo que te di un día azaroso en el ámbito doméstico, luchaste como un jabato contra aquellas viejas instalaciones eléctricas, pero nunca dudé que ganarías la partida, jamás vi a nadie que no se dejase vencer por las dificultades como haces tú con todas las cosas.

—En cierta ocasión Elisabeth, un viejo maestro, porque yo también tuve maestros claro y de todos aprendí, y mucho. Bien, pues decía que la mejor herramienta que existe son las manos, y es verdad, claro que… ¿a ver quién se enfrenta a las tornillerías y los materiales sin unos buenos destornilladores, o cualquier otra herramienta necesaria? Por cierto, es curioso, le llamamos destornilladores por regla general, en vez de atornilladores, su funciones son ambas, pero predomina el destornillado, siempre he tenido esa duda.

—Yo sí que me destornillo contigo, pero de risa amor mío, tienes unas cosas… ja, ja, ja.

—Ahora que… las manos cuando se convierten en manazas… ¿recuerdas cuando fuimos a aquel enorme híper-comercio chino? Nos llamó la atención un aplique para nuestro recibidor, quise examinarlo para ver si se ajustaba a lo que precisábamos, al abrir la caja, la tulipa de cristal se deslizó sorpresivamente de su anclaje y se precipitó contra el suelo. El sonido de los cristales rompiéndose era ensordecedor, y abandonamos el recinto con cierta urgencia. Sin duda esta vez las molestas mascarillas protectoras de aquella pandemia fueron nuestras aliadas, difícilmente nos podrían reconocer tras ellas.

— ¿Cómo me voy a olvidar de eso, si hasta le hiciste un poema?, y digo yo, ¿hay algo a lo que no le hayas hecho un poema? Creo sinceramente que no.

— ¡Hombre! Algo habrá, de lo contrario no podría escribir ninguno, y no dejo de hacerlo.

—Sí, sí, claro… sin duda.

—Mira, ya que lo dices…

Estos y otros lo escribí hace poco…

A este primero ni siquiera le había puesto un título, pero se intuye a quién va dedicado, ¿no?

Ahora se lo voy a poner, pues como en aquellos primeros esbozos de lo que tenía que ser Un nuevo amanecer, ya definí entonces que un nuevo amanecer es una nueva primavera, un resurgir a la vida, como se repite inexorablemente el ciclo vital en la naturaleza. Su título pues es… Todo es primavera, el segundo sí lo decidí de inmediato, se trata de un lenguaje poco utilizado, inusual, que no decadente, y ese fue su título; Inusual, en ocasiones me traslado en el tiempo y me gusta recrearme en esos viejos o diría abandonados términos que han perdido su vigencia, pero que forman parte de nuestra cultura y de la literatura española.

Todo es primavera.

Enjuto y afilado el rostro
por el rigor del crudo invierno,
en mi poltrona me postro
a la espera del tórrido verano.

Pero todo es primavera
en los corazones ardientes,
no hay frio ni calor...
solo existe un color...

...que se llama amor,
que se pinta en tus labios
con tinta imborrable...

...eterna pasión por ti,
endiablada locura
que me sana, me cura.

———————

Inusual.

Amaxofóbico caminar
de una existencia tardía,
decrépita tez que al andar
hace desaflorar vida mía...

...la pubescencia al viajar,
reverberante senectud fría,
que al inquirir, al soñar
azabacha día a día...

...lágrimas de plañideras
con semblantes de cerotes
que atenaza lechecillas.

creyendo que unas chiquillas
rinden encantos y dotes
en un plis, cuando quieras.

———————

Cuando la felicidad nos invade, nos abraza con firmeza, el mundo se convierte en algo distinto. Y la diferencia la podemos fraguar nosotros mismos, como hemos repetido hasta la saciedad, el objetivo supremo del ser humano es alcanzar la felicidad, a pesar de las dificultades o incluso de los grandes obstáculos que la vida nos presenta. Por eso indudablemente el concepto tan manido de saber vivir, podríamos definirlo con aquello que hemos señalado, buscarle sentido a nuestra vida.

Y eso es lo que lograron nuestros protagonistas, Alex y Elisabeth, con su amor alcanzaron dar sentido a sus vidas.

Los veinte años que se prometieron una vez, se vieron interrumpidos por las ansias del poeta por alcanzar las estrellas, pero el destino quiso que no fuese así, y si este hombre tenía una máxima, era esa que tantas veces repitió, no dejar una promesa sin cumplir.

Las promesas incumplidas son siempre asignatura pendiente y el lastre del que no podemos desprendernos hasta su consecución. No hay nada de extraordinario, es la ley del honor, que sin duda es patrimonio del universo y éste siempre quiere cobrarse sus deudas.

Pero alguien puede preguntarse, ¿Qué fue de aquel otro yo? Pues parece ser que desapareció de la escena de forma extraña. Sin duda tiene una explicación, cuando Alex ocupó el cuerpo de la médium, la integración fue absoluta, el otro yo quedó fusionado en la esencia del poeta, en realidad solo existía una verdadera esencia. Pero en sus sueños el poeta sigue debatiendo e interrelacionándose con su otro yo. Y sigue siempre preguntando…

— ¿Me oyes… verdad? Te hablo a ti.

Fin

Epílogo.

—"Disculpen, no sé si están ahí, de hecho no sé si nadie estará ahí nunca".

Con estas palabras arranca nuestro protagonista esta singular narración de unos hechos que en ocasiones pueden parecer fruto de una imaginación desbordante y ficticia. Pero indudablemente, su propósito es llegar a conectar con ese posible lector, aspiración de cualquier autor, ya que esa es la razón principal de una obra literaria.

Y si es así, el lector se preguntará ¿Qué fue de todos aquellos que aparecen en el relato? Seres que como él, no pertenecían ya este mundo, pero tampoco a otro.

Hacia el final del capítulo 5 de esta obra, aparece una escueta definición de los llamados "Seres de luz", y conviene ahora desarrollar la dimensión de este concepto, pues dará respuesta a la pregunta que probablemente se haga quien lea esta historia.

Esa respuesta está en el espléndido trabajo que llevaron a cabo Mariana Antonissen y Ariadna Martinich, terapeutas en su obra Sanación Estructural del Aura, publicada por ADABA método de sanación de enfermedades y sufrimiento mental en 2017, definen y clasifican los tipos de seres de luz y sus características, así como sus interrelaciones con el resto de seres. Tal vez así podamos dar explicación al objetivo último de los intervinientes en esta obra y su proceso para alcanzar la categoría de seres de luz.

Partimos desde una primera clasificación de seres de luz:

"Ángeles, Maestros y Guías. Esta clasificación no necesariamente es la única, ya que otros autores y/o técnicas pueden exponer una terminología distinta, aunque igual de válida".

Y seguidamente de sus definiciones:

Ángeles:

"Un ángel (del latín angêlus, del griego ángelos, "mensajero"), es descrito como un ser inmaterial o espiritual, presente en las principales religiones monoteístas de origen abrahámicas. Dentro de este contexto, los ángeles son considerados seres de gran pureza destinados a la protección de los seres humanos, así como a asistir y servir a Dios".

Las distinguidas terapeutas entienden que:

"En el mundo espiritual, debemos tener presente que los ángeles no están solo para proteger a los humanos, sino que se preocupan de la armonía en diferentes planos y de todos los seres. Sus tareas se enmarcan dentro del contexto del amor universal y velan por que éste se manifieste en todo lugar que sea necesario.

Los ángeles, en la tradición oral y escrita, han sido representados como seres antropomorfos con alas; sin embargo, como no tienen corporalidad ni materialidad asociada a este plano, pueden ser percibidos como espíritus invisibles o rayos de luz. Lo que popularmente ha sido descrito como alas, corresponde a flujos energéticos en su espalda que les permiten a ellos trasladarse a través de los planos. Son nuestros esquemas mentales, los que terminan generando una imagen asociada a lo que conocemos como alas.

Los ángeles son seres de luz de alta vibración, y por lo tanto no es usual que se manifiesten en nuestro plano, aunque sí pueden enviar su energía cuando es solicitada. Esto último, resulta mucho más resonante con los humanos, pues los ángeles no expresan emociones de la forma que las conocemos; de hecho sentir directamente su energía de manera directa, puede resultar algo incómodo, en algunas ocasiones. Los ángeles, aman a los humanos porque son parte de la energía universal, pero no es un amor cariñoso como al que estamos acostumbrados, si no que se percibe como un poco más abstracto.

Dentro de una sesión de terapia, los ángeles pueden participar entregando energía de altas frecuencias, que de otra manera sería difícil de alcanzar. Hay ocasiones en las que se les puede convocar y otras en que ellos se manifestarán cuando lo consideren necesario".

Las terapeutas no trabajan llamando a los ángeles por su nombre individual, aunque sabemos que otras terapias sí lo hacen de manera explícita.

Maestros:

"Algunos autores hablan de maestros pero en realidad se refieren a los guías, por ejemplo Brian Weiss. Para ellas, los "maestros" son seres que tuvieron una o más vidas encarnadas como humanos, y que habiendo aprendido e incorporado gran parte de las lecciones que les tocaba, y aun pudiendo trascender hacia otros planos, optaron voluntariamente por permanecer aquí, aunque por lo general sin encarnar Ellos acompañan a ciertas personas o causas, con la misión de resguardar alguna línea de acción o pensamiento espiritual, o algún ideal.

Los "maestros" se diferencian de los "fantasmas", en que estos últimos permanecen en este plano sin ningún tipo de autorización, sino solo por un deseo personal; en cambio los maestros, tienen una autorización de parte de las jerarquías superiores, para mantenerse en este plano. Otra diferencia es que los fantasmas, al no tener autorización, tienden a desdibujarse gradualmente y a proyectar sensaciones inquietantes y atemorizantes. Los maestros, a en cambio, logran percibirse de manera nítida y mantienen su luminosidad. Por eso se dice que las sensaciones que vienen de ellos son, en general, muy agradables.

La misión principal de los maestros, está vinculada al cuidado y guía de los humanos que siguen encarnando y que de alguna forma se hallan bajo el mismo alero de aquello que los maestros han decidido resguardar. Uno de los ejemplos más comunes tiene relación con las artes marciales, donde maestros desencarnados se han quedado para preservar la pureza o continuidad de un estilo.

En una sesión terapéutica, es posible que nos encontremos con pacientes que vienen acompañados por algún maestro, el que puede necesitar que canalicemos mensajes importantes para el desarrollo del paciente, o que pueda mostrar energías necesarias para su sanación. Ellos se manifestarán y estarán dispuestos a comunicarse, cuando sea necesario y bueno para el paciente".

Guías:

"Los guías corresponden a lo que los cristianos llaman los "ángeles de la guarda". A diferencia de lo que se mantiene como creencia en esta religión, cada humano posee dos guías que le acompañan y cada uno vibra en diferente frecuencia al otro. Uno de ellos se mantiene siempre al lado de la persona, y se encuentra "más materializado" (el que suele verse en la tradición cristiana como "Ángel de la Guarda"); en cambio el otro, puede alejarse para cumplir ciertas tareas y luego volver al lado de la persona. No tienen cuerpo ni forma definida, pero al igual que ocurre con los ángeles, existen estructuras mentales culturalmente sostenidas que nos llevan a verlos de una forma determinada (por ejemplo, como de seres con alas, o aureolas en la cabeza, etc.). Para los humanos, los guías son una fuente de amor y protección constante, pero para que ésta pueda ser percibida por nosotros es mejor solicitarlas de manera explícita. Los guías nos acompañan desde el momento en que decidimos encarnar como humanos, a lo largo de todas nuestras vidas. Nos aman como personas individuales, teniendo ellos también intencionalidad propia. Han elegido el camino de la luz y desean que siempre elijamos actuar según las leyes del amor, sin embargo, si no lo hacemos siguen amándonos y estando con nosotros.

Respetan nuestro libre albedrio y no fuerzan las decisiones, más sí guían y hacen recomendaciones, aun cuando no estamos obligados a seguirlas. Es importante aprender a comunicarnos con nuestros guías y a sentirlos, ya que ellos son los que más nos conocen. Si bien es posible que seguir los consejos de nuestros guías no nos asegure la felicidad, siempre éstos apuntarán a un sentido mayor y positivo a largo plazo. Ellos van a orientar los aprendizajes significativos para nuestra alma. No es obligatorio hacerles caso todo el tiempo, ya que siendo el libre albedrío una ley suprema, todos tenemos la libertad de hacer con nuestra vida lo que queramos. Sin embargo, siempre es bueno tenerlos en cuenta a la hora de tomar decisiones, ya que tienen una visión más amplia que vosotros. Debemos siempre tener en cuenta que los guías no lo saben todo y no lo resuelven todo. Sus palabras son orientaciones para la vida. También debemos recordar que un sanador no es un oráculo y no debe usarse la ayuda de los guías como tal. A las personas que vienen sólo a pedir información sobre el futuro o a hacer preguntas a sus guías para tomar decisiones, hay que explicarles que eso no siempre es una ayuda, así como soplar las respuestas de una prueba no hace que el estudiante aprenda. Los guías están para apoyar y orientar sobre cómo resolver nuestros problemas, para seguir aprendiendo y conducirnos por un camino armónico con los aprendizajes que nuestra alma ha establecido para esta vida; pero en última instancia debemos aprender a ser autónomos y tomar nuestras propias decisiones. Según las terapeutas, los guías se constituyen en una especie de herramienta que apoya el trabajo y que entregan mucha información relevante para el proceso de sanación del paciente, dando energías de alta frecuencia y mensajes que necesitan ser canalizados. Al comenzar la sesión pediremos a nuestros guías y a los guías de nuestro paciente que sean parte del tratamiento, y en general ellos decidirán cuándo materializarse y participar de manera activa (pasando energía o moviendo estructuras por ejemplo). Sin embargo, siempre podemos solicitar su ayuda y guía en cualquier momento de la sesión. Podemos aprender a sentir a los guías propios y de los pacientes. Aunque todos los guías son diferentes, la energía que transmiten es siempre de una frecuencia cálida y amorosa. El trabajo con los guías ofrece amplias oportunidades de crecimiento y aprendizaje. Cuando contactamos con nuestros guías, podemos pedirles ayuda en nuestra propia sanación, pidiendo que nos pasen la energía que necesitamos, o bien que retiren ciertas estructuras. Enseñar al paciente a sentir la energía de sus guías también puede ser una muy buena herramienta para que éste practique por su cuenta y consiga mejorar sus estados emocionales".

Canalización

"Una de las posibilidades de trabajo con los guías, que ocuparemos en nuestras experiencias, es la canalización de información; a continuación explicaremos de manera más precisa esta habilidad que se entrena y se cultiva con la práctica. Inicialmente uno puede aprender a escuchar y reconocer la voz de sus propios guías, para luego canalizar otros guías o seres.

Bajo esta teoría, vamos a entender el concepto de canalización como la interpretación y escucha activa de nuestros guías, guías del paciente y otros seres de luz. Este proceso es relativamente sencillo una vez que se consigue dejar la mente lo suficientemente tranquila para permitir que la información llegue. La tranquilidad mental necesaria puede descubrirse o potenciarse con la práctica de la meditación. Meditar permite que la mente aprenda a distinguir y a tomar una consciencia más profunda de los propios pensamientos y emociones. Los estados meditativos propician un uso distinto de los procesos mentales y, por lo mismo, predisponen para tener la mente disponible y abierta a otro tipo de lenguajes, códigos o procesos. A medida que conocemos mejor nuestra mente, reconocemos nuestro propio lenguaje, nuestras emociones, nuestras imágenes mentales, incluso nuestra voz interior. Esto facilita el reconocimiento de otras voces, otros códigos y otros lenguajes.

Al canalizar, no soy yo el principal conductor de mi mente, sino que permito que "alguien más" ponga en mi mente imágenes, sensaciones o palabras que yo voy a traducir. Se suele decir que al canalizar uno entra en algún tipo de "trance", pero esta palabra es un poco fuerte. Podemos hablar mejor de un "estado" mental, que luego aprendemos a reconocer en nosotros a través de ciertas señales que pueden ser muy personales en algunos casos. Algunas de las señales más comunes son:

SENSACIÓN MENTAL: Sé que no soy yo el que está elaborando esas palabras porque no estoy pensando. El área de mi cerebro que suele elaborar frases antes de decirlas, no está activada.

SENSACIÓN CORPORAL: Algunas personas tomamos una postura física específica cuando nuestra mente está siendo "usada" para transmitir un mensaje.

CONSCIENCIA: Ocurre muchas veces que al canalizar decimos muchas cosas que luego no recordamos haber dicho, porque no las procesamos activamente.

Los mensajes pueden ser de tipo auditivo, visual o kinestésico. Y, por otra parte, una canalización puede ser de un solo tipo, o puede ser una combinación de dos o más. Revisemos en qué consiste cada uno:

MENSAJE AUDITIVO: Una posibilidad de la canalización auditiva o "escuchada" puede consistir en repetir palabras que nos llegan a la mente de una manera literal y directa. En este caso los guías (u otros seres de luz) hablan directamente a través de nosotros mientras prestamos nuestras cuerdas vocales. Pueden ser mensajes en lenguaje cotidiano o a veces en lenguaje más elaborado con palabras y/o expresiones que no son propias de nuestro vocabulario normal. Esto suele darse cuando la exactitud de las palabras resulta muy importante para el mensaje, así como cuando la resonancia del mensaje debe llegar profundamente a ciertas partes del alma o del subconsciente de la persona.

Otra posibilidad es cuando el ser espiritual nos habla a nosotros para que procesemos el mensaje y lo entreguemos a la persona de manera más comprensible o con más explicaciones, asegurándonos de que la persona entienda. Suele pasar cuando es necesario que la persona comprenda el mensaje "aquí y ahora", de una manera bien consciente. Lo importante en este último caso es el concepto y no tanto las palabras que se usen.

MENSAJE VISUAL: Los mensajes visuales consisten en imágenes que se nos presentan dentro de nuestra mente, pudiendo ser literales o figuradas. Es decir, en ocasiones se percibirán imágenes del paciente realizando acciones ya sea en el pasado (de esta vida u otras) o movimientos que se sugiere seguir. En otras oportunidades veremos representaciones simbólicas de lo que se quiere transmitir, como metáforas, y que requerirán mayor decodificación. Aun así, puede ser relevante contarle al paciente la imagen, ya que muchas veces la elección de éstas no es azarosa, y posee una carga significativa dentro de sus vivencias y códigos personales.

MENSAJE KINESTÉSICO: En una canalización, de éste tipo, los mensajes suelen estar acompañados de emociones o sensaciones físicas que nos dan pistas sobre lo que se está diciendo o transmitiendo. Nos pueden ayudar también a interpretar mejor la intención del mensaje.

El o los canales que se usen para canalizar dependen de cada persona. Puede ocurrir por ejemplo que si somos muy visuales, nos sea más fácil recibir imágenes. También depende del ser que está enviando el mensaje y qué facilidades tiene para comunicarse con nosotros.

Debemos recordar que los guías y ángeles, usan lenguajes más complejos, es decir, con una riqueza emocional y simbólica mucho más amplia que la nuestra. Por lo mismo, para ellos a veces resulta difícil hacerse entender por un canalizador y a menudo recurren a más de un canal. Ésta es una de las dificultades de la canalización: transmitir el mensaje lo más fiel posible para que cumpla con su objetivo, y no con lo que sólo creemos que están queriendo decir. Tampoco confundir con lo que a nosotros nos gustaría decir al paciente, que es un punto de mucho cuidado en sanación: no terminar proyectando en el paciente los propios contenidos. Hay que tener mucho cuidado para no confundir todas esas sensaciones con un mensaje de los guías.

Siempre debemos intentar ser los más objetivos y auto-observarnos constantemente. Los mensajes de los guías siempre son amables y respetuosos; nunca lapidarios o violentos. Jamás dan ultimátums o amenazas.

Cuando corrigen a una persona, lo hacen de una manera muy amorosa. A veces usan tonos más imperativos, cuando la persona lo necesita, (esto ocurre muy poco) por ejemplo con personas que son muy porfiadas o que se están "haciendo los tontos" con su aprendizaje y no quieren escuchar. Es muy importante distinguir el "tono" con el que escuchamos los mensajes, ya que nos permitirá eventualmente identificar seres impostores que se quieren hacer pasar como guías.

Por otra parte, no es inusual que las personas ignoren o "seleccionen" los mensajes canalizados, haciendo caso omiso de lo que no les conviene y quedándose sólo con lo que les gusta. Esto ya será decisión de cada uno, pero como sanadores podemos hacérselos notar. Para cualquier canalización, es necesario estar sincronizado con el paciente lo más posible, en el sentido de entender cuáles son sus códigos y su lenguaje. Hay que respetar su estado emocional y su momento de vida. Es muy importante, como ya se ha dicho muchas veces, tener la intención puesta en el bienestar de la persona. La revisión de nuestra sensación interna es muy importante en esos momentos. Hay que recordar que trabajamos sobre el paciente, pero también el proceso de sanación es para el sanador o terapeuta; el trabajo personal de este último es muy importante.

Puede ocurrir que no queramos dar ciertos mensajes porque nos parecen muy duros o innecesarios. En esos casos, debemos tomarnos el tiempo para chequear nuestra sensación interna y preguntar de nuevo a los guías si efectivamente debemos transmitir ese mensaje. Debemos intentar también no censurar mensajes que son importantes sólo por no querer que la persona se moleste o se vaya de la consulta con una sensación de decepción.

Hay casos en que el canalizador no entiende el mensaje o no logra decodificarlo, por ejemplo, cuando muestran imágenes que no se sabe cómo interpretar. Entonces se puede hablar al paciente con toda sinceridad de las imágenes recibidas o las sensaciones y decir honestamente "no sé bien qué quieren decir tus guías… me muestran…"

Quizás al paciente le haga sentido lo que están mostrando, o lo entienda tiempo después cuando la imagen o el mensaje se vuelvan algo significativo. De a poco y con entrenamiento, se aprende a escuchar, a revisarse a sí mismo y canalizar cada vez mejor.

Conclusiones finales.

La exposición de este proceso terapéutico no supone ni mucho menos entender que nuestros protagonistas estén sometidos a una enfermedad mental, sin embargo, el tránsito desde una dimensión a otra sí supone un trastorno y en cierto modo una incertidumbre.

Empezando por los protagonistas principales, el poeta y su otro yo, inmersos en un proceso intermedio de tránsito, y siguiendo por los amables camareros de los distintos lugares, así como otros personajes que formaron parte de esta historia, tales como el buen patrón y su tripulación, la extraña dama que prestó su cuerpo al poeta y como no, algún que otro transeúnte que en algún momento veía y saludaba a nuestros protagonistas, todos ellos digo, eran seres aspirantes a ser seres de luz, en una u otra de las clasificaciones señaladas en el proceso expuesto. Y todos ellos cumpliendo su misión, sin duda alcanzaron su status.

El único que no lo hizo es nuestro poeta, pues está muy claro que debía regresar para recuperar esa "asignatura pendiente" de la que hemos hablado en numerosas ocasiones.

Parece del todo conveniente que tras el desarrollo de toda esta tesis de ángeles, maestros y guías, pues añadir algo que suponga un equilibrio. Porque ahí parece todo bueno, idílico, y siempre estamos diciendo que hay dos fuerzas. La otra fuerza es la que se basa en un infierno, por eso es necesario definir qué es un infierno.

La palabra infierno viene del latín inférnum o ínferus (por debajo de, lugar inferior, subterráneo), y está en relación con las palabra Seol (hebreo) y hades (del griego). Según muchas religiones, es el lugar donde después de la muerte son torturadas eternamente las almas de los pecadores. Es equivalente al Gehena del judaísmo, al Tártaro de la mitología griega, al Helheim según la mitología nórdica y al Inframundo de otras religiones.

En la teología católica, el infierno es una de las cuatro postrimerías del hombre. No se le considera un lugar sino un estado de sufrimiento. En contraste con el infierno, otros lugares de existencia después de la muerte pueden ser neutros.

El mitraísmo (o los misterios de Mitra) es una religión mistérica difundida en el Imperio romano entre los siglos I y IV d. C. en que se rendía culto a una divinidad llamada Mitra, que tuvo especial implantación entre los soldados romanos.

El culto al dios Mitra mantenía la creencia de que el fin del mundo vendría acompañado de una gran batalla entre las fuerzas de la luz y de la oscuridad. Los seguidores de los dogmas de los sacerdotes de Mitra podrían aliarse en esta contienda del lado de los espíritus de la luz, con lo que se salvarían; los no seguidores, irían al Infierno.

Aquí tiene su sentido aquel verso del soneto de Lope de Vega, que decía así;

"Creer que un cielo en un infierno cabe"

No olvidemos que el famoso poema intenta definir el amor, y tal vez todas las contradicciones quieren ser ese equilibrio de fuerzas de las que hablamos, ese magnetismo necesario para consolidar un concepto estable. Tal vez ahí radica su grandeza.

En ocasiones nos toca asimilar todo aquello que nos rodea, y no todo es lo deseable, durante el viaje de la vida hemos ido recogiendo multitud de cosas, no todas positivas, de vez en cuando hacemos balances de situación y nos damos cuenta del estado de nuestra posición en el camino hacia el destino deseado. Es una prueba de la capacidad de resistencia del ser humano.

Por eso podemos afirmar que tiene todo su sentido el terceto final del mejor soneto, grandioso poema de Lope de Vega.

"Creer que un cielo en un infierno cabe"

El amor es también uno de los grandes hilos conductores de la vida y de la obra de Lope, el escritor más fecundo, desmesurado, creativo e innovador de toda la literatura en español. Sus amores con mujeres de la más variada condición marcaron toda su trayectoria vital y literaria.

Nuestro poeta afirmó repetidas veces…

—Como señalé en cierta ocasión, los seres de luz y por derivación los iluminados por ellos tienen la capacidad de transitar por los infiernos y convertirlos en cielo.

Ningún demonio es capaz de enfrentarse a un ser de luz, sabe que es batalla perdida de antemano. La luz es la energía positiva, lo contrario es la oscuridad, la obcecación. No lo sabemos pero todos tenemos alas para volar, solo hay que aprender a levantar el vuelo, el resto es cosa del viento que nos hará planear y navegar por el cielo.

Ahora también me viene a la memoria aquel famoso refrán chino; "No le des un pez, enséñale a pescar". Nada es mejor regalo que ese, nadie regala nada, excepto un ser de luz, pues la enseñanza es el gran y único regalo que existe. Aprender a volar es tomar el rumbo de tu vida, con firmeza y sin temores.

En mis palabras podéis ver que hoy he vuelto a emprender de nuevo el vuelo, que mis alas baten con fuerza y surco los cielos sobrevolando por este infierno. El destino está ahí, puedo sentir su cercanía. No descansaré hasta lograr alcanzarlo.

Ahora voy a determinar si realmente soy yo el ser de luz, o por el contrario es ella, pues no cabe duda que quien luce con esplendor es ni más ni menos que mi estrella.

Mil veces lo leímos, y mil veces nos sorprendió...

"Desmayarse, atreverse, estar furioso,
áspero, tierno, liberal, esquivo,
alentado, mortal, difunto, vivo,
leal, traidor, cobarde y animoso;

no hallar fuera del bien centro y reposo,
mostrarse alegre, triste, humilde, altivo,
enojado, valiente, fugitivo,
satisfecho, ofendido, receloso;

huir el rostro al claro desengaño,
beber veneno por licor suave,
olvidar el provecho, amar el daño;

creer que un cielo en un infierno cabe,
dar la vida y el alma a un desengaño;
esto es amor, quien lo probó lo sabe".

Lope de Vega.

———————

Dedicatoria.

Se hace difícil en una dedicatoria rendir honores a todas aquellas personas que de una forma u otra incidieron en la realización de una obra. Es por el riesgo de olvidar a alguien claro, pero voy a tratar de no olvidar ni obviar a nadie.

En primer término quiero dedicar este libro a todos aquellos que confiaron en mí, un poeta sencillo y clásico, que un día decidió adentrarse en un proyecto de novela, que en realidad se convierte en un compendio de experiencias, unas reales como la vida misma, otras de tipo filosófico y existencial y sin querer o queriendo, añadiduras de un cierto matiz prosaico, pues lo material impera, aunque no sea todo lo deseable y que se espera de un soñador, un trovador o sencillamente un poeta.

Empezando por la magistral coordinación, además de corrección de los diálogos de una narradora espléndida y que lideró un equipo de trabajo excepcional. Emma Arlubins, novelista y poeta también, articuló esos diálogos dándole forma a una estructura coherente a la narración.

Por otro lado, la inestimable colaboración de algún que otro experto en la prosa de la que un servidor es profano. La esencia y el recuerdo del ilustre Miguel, lo dejo ahí, pues sé de sobras que no es amigo de aparecer en estas dedicatorias o agradecimientos.

Y cómo no, a aquellos camareros del distinguido local de mi población de residencia, dotado de una majestuosa terraza engalanada de moreras, lugar en el que la inspiración aparece fruto de un entorno mágico. En especial a mi amigo Carlos, conocido por todos en el singular establecimiento que lleva por nombre Los Grecos. Y sin olvidar a esos otros donde también recreé mis fantasías para dar forma a este ambicioso proyecto, me refiero al conocido restaurante, también de esta población cuyo nombre ya lo dice todo, Mesón Barbacoa, y cómo no a Gustavo, buen amigo y responsable del espléndido local donde se puede disfrutar de magníficas viandas. Y cómo me voy a olvidar del que fue por excelencia nuestro sitio favorito, ese restaurante, semi escondido, abrigado por una pineda, oculto a los ojos de quien no debe mirar. Me refiero al Torreón, fastuoso, elegante y testigo de tantos momentos de felicidad cuando al bajar de las montañas, buscábamos un remanso de paz. Un gin tónic en ese lugar es algo más que una copa, es un símbolo de la culminación de un día feliz. El exquisito servicio y el particular acento del este de Europa de aquel más que atento camarero nos fascina. Y qué decir de sus canalones. Alguien puede pensar, y con razón que esta obra es también una ruta gastronómica, y ¿por qué no? Claro que lo es. Pero ahora estamos en el mundo real, lugares que han dejado huella en nuestras vidas.

Hablando de rutas, recuerdo aquel proyecto que se nos ocurrió de la "Ruta de los castillos", ciertamente era una idea fantástica, solo nos frenó el intentar darle un punto de erotismo para el que no estábamos preparados. Sin duda es una asignatura pendiente. Pero el Castillo está ahí, dominando la cima de un monte bajo, enclavado en un entorno urbano, ¿quién sabe si algún día?

Y por último pero no menos importante, a lo que me queda de familia, en realidad mi queridísima hija Olga, que a pesar de los pesares y a su manera, también me apoyó en mi extravagante faceta de escritor. Sin olvidar nunca a mi añorada esposa, que desde el cielo también me aportó su fuerza y su ayuda, y por la que siento especial devoción. Que Dios la tenga en su gloria.

———

Todos albergamos en nuestro interior dos vertientes, una estática, férrea, inamovible, conceptos procedentes de nuestra genética y que forjan una personalidad. Y por otro lado el dinamismo, aquello que es variable constantemente con los actos de vida y los acontecimientos.

Tratamos siempre de llevar la dinámica a nuestros conceptos estáticos, esto nos lleva a un estado de incertidumbre.

¿Podemos variar los pilares que sostienen las vertientes de nuestra vida? ¿Podemos borrar conceptos estáticos a través del pensamiento y la racionalidad? ¿Podemos acomodar la dinámica a nuestro camino? Y en definitiva, ¿Podemos diseñar y construir nuestra felicidad? Y lo más importante… ¿Somos conscientes de que existe otra vida?

Juan José Donaire García